AtV

Kathrin Gross-Striffler, geboren 1955, studierte Anglistik und Romanistik in Deutschland, Frankreich und den USA. Sie lebt in Jena.

Für ihre Kurzgeschichten erhielt sie 2000 den Literaturpreis der Universitätsstadt Marburg und des Landkreises Marburg-Biedenkopf, 2003 für den Roman »Die Hütte« den Alfred-Döblin-Preis. Außerdem veröffentlichte sie den Roman »Das Gut« (2003) und die Erzählungssammlung »Herr M. und der Glaube ans Glück« (2004).

»Die Angst stülpte sich über mich wie das Netz eines Häschers über sein Opfer, und es gab kein Entrinnen.« Joanne, die früher Johanna hieß, hat sich unauffindbar gemacht. Sie haust in der Blockhütte neben Mrs Burkes Farm, und es stört sie nicht, dass die alte Frau – eine verwelkte Südstaatenlady par excellence – verschroben und unleidlich ist und dass sie niemanden sieht außer den Pferden, um die sie sich kümmern soll. Die Farm kann Joanne gar nicht abgeschieden genug sein, so sehr ist sie im Zweifel, ob sie nicht trotz aller Vorsichtsmaßnahmen gefunden wird.

Es gibt einen Grund für ihre Furcht: Wohin sie auch geht, überall könnte Jim auftauchen, ihr Mann, der so herrisch wie unberechenbar ist. Erst nach und nach lässt Joanne den Gedanken zu, dass ihre Angst tiefere Ursachen hat. Unentrinnbar treibt sie auf die verwischten Bilder ihrer Kindheit zu.

Vor der Projektionsfläche sich wiederholender Alltagspflichten gelingt es der Autorin meisterhaft, Angst und innere Erstarrung in eine allmähliche Selbstbefreiung münden zu lassen.

»Ganz nebenbei entsteht auch eine Geschichte über Deutschland und die USA, das schiefe Verhältnis, die Verstörungen zwischen den beiden.« *Aus der Laudatio zum Alfred-Döblin-Preis 2003*

»... ein meisterhaftes Kammerspiel über die Angst, das den Innenraum eines tiefen Verletztseins auslotet.« *taz*

Kathrin Groß-Striffler

# Die Hütte

Roman

Aufbau Taschenbuch Verlag

ISBN 3-7466-2131-3

1. Auflage 2005
Aufbau Taschenbuch Verlag Berlin

Umschlaggestaltung Torsten Lemme
unter Verwendung eines Fotos von Petography, photonica
Druck GGP Media GmbH, Pößneck
Printed in Germany

www.aufbau-taschenbuch.de

Es war spät am Nachmittag, als ich die Hütte zum ersten Mal sah. Sie war klein und weiß gestrichen und von ein paar hohen Bäumen umstanden und schmiegte sich unauffällig an einen Hang; ein einfacher Bretterzaun begrenzte das Grundstück, das sich in nichts unterschied von dem Gelände, das es umgab, Gras wuchs darauf und ein paar Sträucher und hier und da eine Birke oder eine Gruppe dunkler niedriger Nadelhölzer. Das Dach sprang ein gutes Stück über die Mauern vor, so dass es aussah wie eine Mütze, die man zu tief ins Gesicht gezogen hatte, es ließ sicher nicht viel Licht in die Fenster einfallen, und da ein einzelner großer Baum seine dicht belaubte Krone darüber hielt, musste es dunkel darin sein, dunkel wie in einer Höhle. Ich machte einen Schritt darauf zu und noch einen, und dann zog ich an dem metallenen Griff der Fliegengittertür, die sich mit einem leisen Quietschen öffnen ließ und hinter mir ins Schloss sprang, sobald ich eingetreten war. Ich sah, dass es einen Stuhl darin gab und einen Tisch und ein Bett und eine kleine Küche und in einem angrenzenden Raum eine Badewanne, die auf geschwungenen Füßen stand; ich setzte mich an den Tisch und legte die Arme darauf und meinen Kopf in die Ellenbeuge, und da ich die Haustüre offen gelassen hatte, konnte ich draußen die Grillen zirpen hören.

Mrs Burke rief meinen Namen und ich ging hinaus; sie zeigte mir die Stallungen, die Futter- und die Sattelkammer, den Traktor, die verschiedenen Farmmaschinen, den Pferdeanhänger und den Jeep; dann liefen wir zu meiner Hütte zurück, hinter der sich die Weiden der Pferde erstreckten, bis zum Horizont, sagte sie, und was sie meinte, waren die Ausläufer der Blue Ridge Mountains, die in der Ferne zu sehen waren. Abends kämen die Pferde aus freien Stücken an den Zaun, sagte sie, weil sie im Stall Futter erwarteten, ich müsse nur eines hineinführen, dann kämen die anderen mit. Auch Hühner habe sie und Enten, die nahe bei ihrem Haus untergebracht seien und die sie mir nun zeigen wolle, und ich müsse ihre Hecken schneiden und den Rasen vor ihrem Haus mähen und Holz sägen und hacken und natürlich die Pferde versorgen und reiten, dann stelle sie mir die Hütte umsonst zur Verfügung, auch das Benzin für den Jeep zahle sie mir und zusätzlich hundert Dollar pro Woche; als ich nickte, sagte sie allright und wandte sich um, rief mir noch über die Schulter zu, dass am nächsten Tag jemand vorbeikäme, ein Nachbar, um mich einzuweisen, dann klappte ihre Fliegengittertür, und sie war verschwunden. Ich sah an ihrem Haus hoch, das vielleicht zehnmal so groß war wie meines und große Fenster hatte mit Läden, von denen die Farbe abblätterte; ihr Windhund hatte sich in einiger Entfernung von mir gehalten und kam nun her, als ich ihn lockte. Sein Fell war kurz und glatt, und als ich ihn streicheln wollte, begann er, sich unentwegt im Kreis zu drehen, wobei er den dünnen Schwanz zwischen die Beine kniff, so dass ich es schließlich aufgab und mich aufrichtete und hinüber zu den Blue Ridge Mountains sah und zu meinem cottage, das von hier aus noch kleiner und versteckter wirkte, und ich dachte, hier bin ich in Sicherheit, hier findet mich keiner.

Am nächsten Tag kam der Nachbar; drei Meilen die Straße hinunter befinde sich seine Farm, sagte er, ansonsten sprach er wenig, zeigte mir, wie man den Traktor bediente und das Mähwerk ankoppelte und den Ladewagen und wie man es schaffte, damit rückwärts zu fahren, ohne dass Traktor und Wagen nach kurzer Zeit spitzwinklig zueinander standen; er führte mir vor, wie man mit der Kettensäge arbeitete und der elektrischen Heckenschere, dann schob er die Mütze in den Nacken und kratzte sich an der Stirn und sah mich kurz an und sagte, dass ich das schon schaffen werde, und dann wandte er sich um und ging zu seinem Wagen und fuhr davon. Ich stand da und sah ihm nach, sah, wie sein Wagen in einer Staubwolke verschwand, bald legte sich der Staub wieder und es war Stille und ich stand immer noch da und hörte, wie die Pferde sich hinter mir in ihren Ställen regten und ins Heu schnaubten, eines trat mit dem Huf gegen die Boxentür, weil es Zeit war, dass ich sie auf die Weide ließ, und so ging ich hin und öffnete die Boxen und nahm eines am Halfter und führte es zu dem Weidentor, das ich am Vorabend hatte offen stehen lassen; die anderen folgten, eines schnupperte an meiner Jacke und ich sagte hi horses, dann schloss ich das Tor hinter ihnen und beobachtete sie, wie sie sich gemächlich, hier und da Grasbüschel ausreißend, davonmachten. Später am Tag, als die Sonne hoch stand, sah ich sie in einiger Entfernung im Schatten einer Baumgruppe stehen; am Nachmittag waren sie verschwunden, in einer Talsenke wahrscheinlich oder in den Wäldern, die am Fuß der Berge begannen; eine ganze Weile ließ ich meinen Blick über das Gelände schweifen, doch sie blieben verschwunden bis zum Abend, an dem sie sich wieder vor dem Weidentor einfanden.

Jeden Morgen kam nun Mrs Burke zu meiner Hütte herunter, um mir Anweisungen für den Tag zu geben; meistens sah sie an mir vorbei, wenn sie mit mir sprach, sie war dünn und alt, aber sie ritt noch fast täglich, am Vormittag; sie wollte immer, dass ich sie begleitete, und so putzte und sattelte ich an diesen Tagen die Pferde, die wir reiten wollten, und ließ nur die anderen auf die Weide hinaus. Und dann brachen wir auf und ritten in halsbrecherischem Tempo davon, galoppierten Landstraßen entlang und trabten steile Hügel hinauf und hinunter und durchquerten steinige Flussbetten, die zu dieser Jahreszeit kaum Wasser führten, nur eben so viel, dass die Pferde davon trinken konnten, und wir ritten so lange, bis die Tiere schäumten von Schweiß; ich hatte immer Mrs Burkes Rücken vor mir, den sie kerzengerade hielt, auch im Galopp. Daheim stieg sie ächzend aus dem Sattel und drückte mir die Zügel ihres Pferdes in die Hand und drehte sich um und verschwand in ihrem Haus; ich nahm einen Schlauch und spritzte die Tiere ab und brachte sie auf die Weide, wo die anderen noch in Zaunnähe auf sie warteten, dann lief ich zum Stall zurück und besorgte das Ausmisten, fegte die Stallgasse, hängte die Satteldecken in die Sonne, wusch die Trensen und räumte die Sattelkammer ordentlich auf. Ich gab Heu in die Raufen und Kraftfutter in die Tröge und putzte Mrs Burkes Stiefel, immer die vom Vortag, und stellte sie ihr auf die Treppe ihres Hauses; anschließend kümmerte ich mich um die Hühner und Enten und fütterte sie und holte die Eier aus den Nestern und gab sie in ein Körbchen, das ich neben die Stiefel stellte. Und dann hatte ich Mittagspause, zwei Stunden, die ich nutzen konnte, wie ich wollte; ich ging in das Halbdunkel meines Häuschens und wärmte mir ein TV-dinner und setzte mich in meinen Stuhl und aß es auf. Obwohl ich nie müde war, legte ich mich ins Bett und sah auf die hellen Ritzen der Jalousien und die Staubflöckchen, die auf den Sonnenstrahlen tanzten, und manchmal hörte ich die Pferde noch hinter dem Fenster schnauben, hörte sogar das Geräusch, mit dem sie Grasbüschel ausrissen, das in regelmäßigen Abständen wiederkam, ich spürte, wie meine Glieder schwer wurden, und ich dachte, dass ich nie mehr würde aufstehen können, und dann schlief ich ein. Wenn ich mittags schlief, brauchte ich keine Angst zu haben; nachts war das anders, wenn ich seltsame Geräusche vor meinem cottage hörte, Schritte, die näher kamen und sich wieder entfernten, manchmal leichte, manchmal schwerere Tritte, gelegentlich ein Poltern, als würde etwas umgestoßen, doch wenn ich am Morgen nachsah, fand ich nichts, was als Erklärung hätte dienen können, keine Spuren, keine zerknickten Zweige, nichts. Einmal fragte ich Mrs Burke, was für Tiere hier lebten, und sie zählte Beutelratten, Stinktiere, Füchse und wilde Hunde auf, auch die Spur eines Braunbären habe man kürzlich gesehen, unten am Fluss; ich fragte nicht nach, ob sie nachts bis ans Haus kämen, wenn die Sonne schien, war es nicht wichtig, und dass abends, wenn es dunkel wurde, die Angst sich in mir breit machte, daran war ich gewöhnt.

Es wurde heiß; 95 Grad Fahrenheit, und wenn ich am Frühnachmittag die Gräben ausmähte oder die Ställe ausmistete, lief mir der Schweiß herunter. Alle paar Wochen musste ich die Boxen komplett säubern; dazu hatte ich einen Anhänger, den ich an den Traktor ankoppelte und rückwärts vor die Stallungen fuhr und mit jenem schweren Gemisch aus feuchten Sägespänen und Mist belud, das ich Gabel um Gabel aus den Boxen herausholte und dessen starker Ammoniakgeruch mir die Tränen in die Augen trieb. Es waren jedes Mal mehrere Ladungen, die ich hinaus auf die Weide fuhr und an einer Stelle verteilte, wo der Boden durch die regelmäßige Düngung sehr fruchtbar geworden war und wo Wildblumen blühten, deren Namen ich nicht kannte; auch ein paar üppig wachsende Büsche gab es, durch die winzige Vögel flatterten, die sich von mir nicht stören ließen, als wäre ich schon Teil der Landschaft und des Lebens darauf geworden und würde zur Kenntnis genommen, aber nicht mehr.

Manchmal blieb ich noch eine Weile auf dem Traktor sitzen, nachdem ich den Motor abgestellt hatte; auf dem Anhänger hinter mir dampfte der Mist, die Sonne schien heiß herunter und wärmte mich, und von den dünnen

Piepslauten der Vögel abgesehen war es still; so still, dass ich hätte meinen können, ich wäre allein auf der Welt, und wenn ich den Kopf hob und um mich sah, war keine menschliche Behausung zu erblicken, nur Wiesen und Bäume und die Wälder der Blue Ridge. Es konnte vorkommen, dass es in einiger Entfernung plötzlich im Unterholz knackte und ich zusammenfuhr, weil ich damit rechnete, mich einem Bären gegenüberzusehen; ich wusste, dass sie Menschen nicht angriffen, solange man sich nicht zwischen ihnen und ihren Jungen befand, doch ich fürchtete mich trotzdem und legte meine Hand auf den Zündschlüssel, um den Motor schnell starten zu können, wenn es nötig sein sollte. Es waren aber immer nur die Pferde, die nachsehen kamen, ob ich ihnen ein paar Rüben oder Äpfel mitgebracht hatte, eins oder zwei kamen näher und fuhren mit ihren weichen Lippen an mir hinauf und hinunter, und ich sagte hi horses und stieg ab und kramte in meinen Taschen und gab ihnen, was ich fand, Brotbrösel oder, wenn sie Glück hatten, ein Stückchen Zucker. Dann nahm ich die Gabel vom Anhänger und begann, den Mist abzuladen, und bald trollten sich die Pferde und ließen mich wieder allein zurück.

Eines Morgens stand ein Hund vor dem Haus, als ich zum Stall gehen wollte, um die Pferde zu füttern, und wedelte mit dem Schwanz. Er war groß und weiß und hatte ein kurzes Fell und einen breiten eckigen Kopf, auf den ich meine Hand legte. Ich gab ihm ein wenig Brot, über das ich Milch goss, und eine Dose Corned Beef und füllte ihm eine Schüssel mit Wasser; ich sah ihm zu, während er fraß, und dachte, dass es gut sei, einen Hund zu haben, und dass ich ihm nun einen Namen geben müsse, und ich entschied mich für Monti. Hi Monti, sagte ich, und er wedelte mit dem Schwanz, ohne den Kopf aus der Schüssel zu heben. Mrs Burke erzählte ich, dass Monti bei mir wohnen würde, doch es schien sie nicht zu interessieren, denn sie antwortete nichts darauf. Nur dass sie am nächsten Tag nicht reiten werde, sagte sie, sie fahre in die Stadt, und dass ich den Jeep tanken und Futter für die Hühner und Enten kaufen solle.

Der Laden lag ungefähr acht Meilen von der Farm entfernt am Rand der Landstraße; es gab zwei Zapfsäulen davor und ein großes Schild, auf dem Tom's Country Store stand, und eine Schiefertafel daneben, auf der die Sonderangebote des Tages notiert waren. Drinnen war es dämmrig; außer mir waren keine Kunden da, nur Tom saß an der Kasse und blätterte in einer Zeitung und legte zwei Finger an seine Schildmütze, als ich eintrat. Ich nahm TV-dinners für eine Woche und Hundefutter und eingeschweißtes, vorgeschnittenes Brot und ein paar Dosen mit gebackenen Bohnen; als ich an die Kasse ging, um zu bezahlen, sagte Tom hi, how are you doing, und ich sagte fine und bat ihn, mir die Säcke mit Tierfutter in den Jeep zu heben; dann fuhr ich an die Zapfsäulen heran und schloss den Tank auf und steckte den Stutzen in die Öffnung, und weil ich zusah, wie die Zahlen in schneller Folge über den Anzeiger wanderten, war ich mir nicht sicher, ob das Auto, das die Landstraße entlang in Richtung Farm brauste und hinter einer Biegung verschwand, tatsächlich ein brauner Toyota gewesen war, ein brauner Toyota mit einem eingedrückten Kotflügel, vorne rechts.

Es fiel mir schwer, den Tankdeckel auf das Gewinde zu drehen, weil meine Hände so stark zitterten, und als ich an die Kasse zurücklief, um Tom zu sagen, welchen Betrag er für Mrs Burke anschreiben müsse, schien es mir, als käme meine Stimme dünn und brüchig von weit her, doch Tom nickte nur und meinte have a nice day, und so lief ich zur Tür und sagte you too und öffnete das Fliegengitter und ging hinaus. Ich stieg in den Jeep und fuhr die Strecke zurück, die ich gekommen war; obwohl die Fenster geschlossen waren, weil die air condition lief, stieg bald ein beißend-scharfer Geruch in meine Nase, und etwa eine Meile weiter sah ich ein totes Tier auf der Straße liegen; ich fuhr langsamer, um auszuweichen, und erkannte, dass es ein Stinktier war, es war schwarz und hatte einen buschigen Schwanz, der zuckte, als ich vorbeifuhr, und ein schwarzweißes Gesicht, das aussah wie eine Maske. Es lag in einer Pfütze aus Blut, und ich hielt das Lenkrad fest in den Händen und beeilte mich, dass ich vorbeikam, doch als ich die Abzweigung erreichte, die zu Mrs Burkes Farm führte, war der Geruch noch immer im Wagen, und auch draußen, meinte ich, hing er noch in der Luft, als ich die air condition ausschaltete und das Fenster herunterließ. Ich hielt an dem Schild, auf dem Hunting Ridge Farm in großen Buchstaben stand, grün auf weißem Grund; darunter war ein kleineres angebracht, private property, no trespassing, ich sah es an und wartete darauf, dass ich beruhigt wäre wie beim ersten Mal, als ich hier abgezweigt und den Schotterweg entlanggefahren war, doch ich wartete vergeblich. Der Schotterweg war lang und dunkel durch die Bäume, die rechts und links aufragten; am Ende kam eine Wiese, auf der ein paar einzelne Hindernisse standen, ein Oxer, eine Dreifachkombination, ein Steilsprung, manche der Stangen lagen auf dem Boden im hohen Gras. Der Weg machte eine weitläufige Linkskurve, dann sah ich die Stallungen und Mrs Burkes Haus, aber keinen Toyota, der davor geparkt war, auch vor dem cottage nicht, nur Monti und der Windhund rannten mir entgegen. Ich stellte den Jeep ab und stieg aus und wuchtete die Säcke auf eine Schubkarre und räumte sie weg, dann brachte ich das Hundefutter und meine Vorräte ins cottage und fütterte Monti, und als alles getan war, ging ich in mein Haus und verriegelte die Tür.

Ich setzte mich auf meinen Stuhl und überlegte, wo man ein Auto verstecken könnte, hinter den Bäumen am Schotterweg vielleicht oder weit draußen hinter der Scheune, doch um dorthin zu gelangen, musste man das Weidentor öffnen und schließen und das kostete Zeit, und es war nicht viel Zeit vergangen zwischen dem Augenblick, in dem ich den Toyota bemerkt hatte, und meinem Eintreffen auf der Farm. Ich nahm den Telefonhörer in die Hand und wählte Mrs Burkes Nummer und stellte mir vor, wie das Telefon in ihrem Haus klingelte, wie der Windhund die Ohren spitzte und vielleicht aufstand und unruhig zur Tür lief und wieder zurück zu seinem Korb und wie er schließlich den Kopf hob und zu jaulen begann, und ich sagte sorry, dog, in die Muschel und legte auf. Mrs Burke würde sicher erst am Nachmittag zurückkommen; ich hatte alles im Haus, was ich brauchte, Essen und Trinken und einen Stuhl, auf den ich mich setzen konnte, wenn ich vom Hin- und Herlaufen zwischen Tür und Fenster müde wäre, ich würde meinen Namen sagen, Johanna, wieder und wieder, und durch die Ritzen der Jalousien hinaussehen zu Monti, der vor dem cottage in der Sonne lag. Monti würde bellen, wenn jemand käme, da war ich mir sicher, und ich hätte Zeit genug, das police department anzurufen und darum zu bitten, dass sie jemanden schickten; doch als mir einfiel, dass ich einen Grund nennen müsste, dass ich sagen müsste, ich habe Angst vor meinem Mann, und sie dann fragen würden, ob er mich jemals ernsthaft bedroht hätte, und ich nein sagen müsste, bedroht nicht, jedenfalls nicht so, wie Sie meinen, da wusste ich, dass ich nicht würde anrufen können. Und so begann ich, an den vier Wänden des Zimmers entlangzulaufen, ich konnte spüren, dass sie nicht sehr dick waren, auch die Tür war eher dünn und der Riegel aus rostigem Metall; immer, wenn ich ans Fenster kam, sah ich hinaus zu Monti, der entspannt und friedlich in der Sonne lag, und ich sagte meinen Namen und seinen, und so verging die Zeit. Wie sie auch damals vergangen war, als Jim in regelmäßigen Abständen aus dem Büro angerufen hatte, nur um zu sagen, dass ich Fenster und Türen verschließen solle, weil wieder eine Frau vergewaltigt worden sei, ganz in der Nähe sei es geschehen und ich solle mich nicht rühren, sondern bleiben, wo ich sei. Stündlich waren die Anrufe gekommen, und jedes Mal hatte mich das Läuten zu Tode erschreckt, und immer hatte er hi sweetheart gesagt und manchmal Joanne und ich solle auch die Läden schließen und beim Telefon sitzen bleiben; und dann war ich auf und ab gelaufen und hatte meinen Namen gesagt, ich hatte alle Lichter angeknipst und es war hell gewesen, hell und still bis auf das Geräusch meiner Schritte.

Draußen sah ich, wie Monti den Kopf hob und dann aufstand und sich schüttelte und sich wieder, diesmal unter einem Busch, fallen ließ und die Beine ausstreckte und den Kopf auf die Erde legte; ich setzte mich auf meinen Stuhl und dachte, dass es an der Zeit sei, mir etwas zu essen zu machen, doch dann hörte ich, wie ein Wagen vorfuhr und eine Tür klappte und wie Mrs Burke den Windhund rief. Ich stand auf und öffnete die Tür und lief zu ihr hin und sagte, dass ich am Nachmittag die Wiese bei den Hindernissen mähen würde, und sie sagte allright und ging in ihr Haus. Ich folgte ihr ein Stück, ohne dass sie es merkte, und stieg ein paar Treppenstufen hoch und blickte mich um; es war warm und die Sonne schien und die Wiesen erstreckten sich wie immer bis zum Fuß der Berge, und ich dachte, ich habe mich geirrt, da war kein Toyota, da unten ist mein cottage und ich heiße Johanna, nicht Joanne.

Am Nachmittag nahm ich den Traktor und koppelte das Mähwerk an und fuhr hinaus zur Wiese; als ich dort ankam, sah ich den Schotterweg hinunter, der ganz im Schatten lag, und ich dachte, es könnte vielleicht doch möglich sein, dass Jim sich hinter den hohen Bäumen verborgen hielt, einen schwebenden Augenblick lang glaubte ich die Konturen eines Autos ganz unten am Ende des Wegs zu erkennen, doch dann sagte ich mir, dass das ein Busch sein müsse und dass ich Gespenster sähe, wo keine waren. Ich ließ das Mähwerk hinunter und begann, das Gras zu schneiden; wenn ich von den hohen Bäumen wegfuhr und die Farm vor mir liegen hatte und die Pferde ganz hinten am Horizont auf der Wiese sah, war das anders, als wenn ich wendete und die Strecke zurückfuhr und sich vor mir der dunkle Tunnel des Weges auftat. Nach einer Weile kam Mrs Burke mit ihrem Wagen heraus; sie hielt an und sagte, ich solle den Parcours in Ordnung bringen, sie habe vor, in Zukunft öfter auf Turniere zu gehen, dann stieg sie wieder ein und versuchte, auf dem Weg zu wenden, um zur Farm zurückzufahren, doch sie brachte es nicht zustande; sie ließ den Wagen schräg auf dem Weg stehen und öffnete ruckartig die Tür und stieg aus und sagte turn my car und stellte sich an den Zaun und sah in die Ferne und klopfte mit der Fußspitze auf die Erde. Ich setzte mich ins Auto und fuhr es langsam den Schotterweg hinunter bis ans Ende und wendete es auf der Landstraße und fuhr ebenso langsam zurück; wenn sich ein Toyota hinter den Bäumen verborgen hätte, hätte ich ihn gesehen, doch da waren wirklich nur Büsche und Sträucher und auch keine Wege, die ins Dickicht führten, und als ich aus dem Schatten herauskam, musste ich blinzeln, so hell blendete die Sonne. Als Mrs Burke mich näher kommen sah, trat sie weg vom Zaun und öffnete die Beifahrertür, sobald der Wagen stand, und sagte drive me home; ich fuhr sie zurück und lächelte, als der Windhund in langen Sätzen die Treppe herunterkam. Mrs Burke stieg aus und ging auf ihr Haus zu, und ich stieg ebenfalls aus und lief den Weg zurück zum Traktor und ließ ihn wieder an und mähte das Gras erst auf der einen Seite der Wiese und schließlich, nachdem ich die Hindernisse auf den frisch gemähten Teil gezogen hatte, auf der anderen; ich stellte die Pfosten auf und klickte die Stangenhalter ein, nicht zu hoch, und legte die Stangen darauf, und dann war es Zeit, die Pferde von der Weide zu holen und zu füttern und das Geflügel in die Ställe zu bringen. Und dann wurde es wieder dunkel und die Angst kam zurück und ich holte Monti herein und legte mich zu ihm auf den Boden; im Halbschlaf hörte ich die Tritte und das Poltern, doch Monti rührte sich nicht und bellte nicht, und ich murmelte etwas, und dann schlief ich ein.

Wenn Jim mir seine Narben zeigte, zog er sein Hemd aus und das T-Shirt, das er immer darunter trug, und hieß mich den großen Spiegel ins Badezimmer tragen und so aufstellen, dass er, wenn er in den kleinen Spiegel über dem Waschbecken blickte, seinen Rücken darin sehen konnte; die Narben zogen sich wie ein Geäst feiner weißer Äderchen darüber hin, einige waren breiter als andere, je nach der Strauchart, die sein Vater gewählt hatte, um Ruten davon abzuschneiden. Jim sagte, manchmal habe er ihn selber zum Schneiden geschickt; er habe Sträucher schließlich nur noch daraufhin angesehen, wie sich ihre Zweige auf der Haut anfühlten, beißend dünn die einen, dumpfer die anderen, er habe die dumpferen vorgezogen, aber geweint habe er nie. Und dann sagte er, dass er nun meinen Rücken sehen wolle; meiner war schmal im Gegensatz zu seinem, die Schulterblätter stachen daraus hervor, doch Narben waren keine darauf, und er meinte, dass ich es wohl offensichtlich besser gehabt habe als er. Dann zog er meine Hose und Unterhose aus und hieß mich an die Wand stellen, die sich kalt hinter mir anfühlte, die Arme musste ich ausbreiten und die Beine, ich fühlte immer nur den kalten Stein und seine harten Stöße in mir, und wenn er fertig war, sah er mich nicht an und fragte, warum ich noch dastünde, ich solle mich anziehen, wir gingen nach draußen.

Es wurde Herbst und die Wälder der Blue Ridge leuchteten rot und gelb herüber und Mrs Burke sagte mir, dass ich Holz machen müsse und dass die Fuchsjagden bald begännen und die Pferde zu scheren seien; auch die Hecken seien zu schneiden und wohl bald das erste Laub zu rechen, ich müsse mich sputen, es gebe viel zu tun. Der Nachbar hatte Holz gebracht und vor den Stallungen abgeladen, und ich legte die langen, dünnen Stämme auf einen Hackklotz, einen nach dem anderen, und sägte sie klein; das Holz war knorrig und die Säge glitt schlecht hindurch und verhakte sich immer wieder, doch der Haufen mit Scheiten wuchs, und ich verlud sie in

Körbe und stapelte sie an einer Schuppenwand hinter Mrs Burkes Haus. Ich gewöhnte es mir an, früher aufzustehen, und arbeitete den ganzen Tag, und wenn ein Auto vorfuhr, das ich nicht kannte, blieb ich stehen, wo ich war, und wischte mir den Schweiß von der Stirn und sah hinüber, bis die Wagentür sich öffnete und jemand ausstieg, und dann wandte ich mich ab und sägte weiter. Den ganzen Tag hatte ich das Ritsch, Ratsch der Säge im Ohr; manchmal sprach ich mit Monti, der immer in meiner Nähe war, selbst der Windhund hatte sich langsam an mich gewöhnt und trieb sich in einiger Entfernung herum und kniff den Schwanz zwischen die Beine und fletschte auf seltsame Weise die Zähne, dass es aussah, als würde er lächeln. Abends holte ich die Pferde von der Weide und band eines im Stallgang an und nahm die Schermaschine und fuhr damit über das struppige Haar, dass es in Büscheln zu Boden fiel und die glänzenden Bahnen kurz geschorenen Fells immer breiter wurden, bis das Pferd schließlich aussah wie nackt und in der kühlen Abendluft zitterte. Ich nahm eine schwere Decke und legte sie ihm über den Rücken und zog die Riemen unter dem Bauch und an der Brust fest an und brachte es in seine Box; ich nahm sie in Zukunft nur noch herunter, wenn ich die Pferde putzte, bevor wir sie ritten, und wenn sie auf der Weide standen, sahen sie merkwürdig aus, wie Tiere im Schlafrock. Es dauerte zwei Wochen, bis ich mit dem Sägen und Scheren fertig war; es wurde nun eher dunkel und später wieder hell, und ich blieb oft lange abends in der Sattelkammer und knipste alle Lichter an und putzte die Sättel und das

Zaumzeug, und einmal kam Mrs Burke herunter und sagte, sie sei zufrieden, dass sie eine Deutsche eingestellt habe, die seien doch ordentlicher als alle anderen zusammen.

She is German, so hatte mich Jim immer vorgestellt, anfangs, als wir noch Leute trafen, nicht mit meinem Namen, sondern mit dem Land, aus dem ich kam; er hatte mich von hinten bei den Schultern genommen und ein Stück der betreffenden Person entgegengeschoben und gesagt, she is German, und er hatte mich nicht losgelassen dabei und gemeint, dass ich Guten Tag sagen solle, und dann hatte er gelacht und mich weitergezogen. Und später hatte er manchmal gefragt, wie es sich denn anfühle, in einem freien Land zu leben, ob der Geist der Freiheit, der hier wehe, schon durch meine Poren gedrungen sei oder ob ich vielleicht gar nicht imstande wäre, ihn zu spüren; es sei ja inzwischen erwiesen, dass dem Charakter der Deutschen etwas innewohne, was sie nach einem wie Hitler geradezu verlangen lasse, auch bei mir habe er schon entsprechende Eigenschaften festgestellt, aber jetzt sei ich ja unter seiner Obhut und er werde sich schon um mich kümmern, das sagte er und don't you worry, Joanne.

Die Tür der Sattelkammer ließ ich abends weit offen, damit ich das Schnauben der Pferde hören konnte; eine kleine graue Katze kam manchmal vorbei und strich schnurrend um meine Beine, und eines Tages kaufte ich Katzenfutter und stellte ihr von da an täglich ein Schüsselchen hin; ich sagte hi grey kitty zu ihr und streichelte sie und schließlich war sie immer schon da, wenn ich die

Pferde von der Weide brachte. Sobald meine Arbeit getan war und aus den Boxen jenes seltsame Ächzen kam, das Pferde von sich geben, wenn sie sich hinlegen, schaltete ich die Lichter aus und schloss die Stalltür hinter mir und stand eine Weile in der Dunkelheit und sah auf Mrs Burkes Haus, wo in einem Zimmer Licht brannte, es drang nur schwach durch die dicken Vorhänge, die bis auf einen Spalt zugezogen waren; dann wandte ich mich ab und lief um den Stall herum und hinunter zu meinem cottage, dessen Mauern nur dann weiß aufleuchteten, wenn Mondlicht auf sie fiel. Monti war immer da und kam mir entgegen, und manchmal war es so dunkel, dass ich ihn nicht sah und erschrak, wenn er plötzlich neben mir auftauchte und seinen Kopf unter meine Hand schob. Nicht selten raschelte es im Gebüsch und ich hörte das leise Tapsen von Tritten und oft ein hüpfendes Geräusch und ich dachte, wenn ich niemanden sehen kann, kann auch mich niemand sehen, und bewegte mich leise und so, als wäre ich ein Teil der Nacht. Im cottage verriegelte ich die Tür und schaltete nur das Licht an, das draußen über der Eingangstür angebracht war und das einen kreisförmigen schwachen Schein auf ein kleines Stück Wiese warf und auf die Schaukel, die irgendjemand in den hohen Baum gehängt hatte und die, wenn es windig war, sachte hin und her schwang. Ich presste meine Stirn an die Scheibe und sah hinaus und wartete eine Weile, dann zog ich die Vorhänge zu und schaltete die Außenbeleuchtung aus und machte es drinnen überall hell, auch in der Küche und im Bad.

Eines Morgens kam Mrs Burke herunter und sagte, dass sie in die Stadt fahren müsse und ich den Windhund füttern solle, weil sie nicht wüsste, wann sie zurückkäme; sie lasse ihr Haus offen und ich solle hineingehen, das Futter stehe unter der Spüle, ansonsten solle ich zwei der Pferde auf dem Parcours trainieren, die Turniersaison werde in Bälde eröffnet; sie drehte sich um, und ich hörte kurz darauf, wie sie ihren Wagen startete und davonfuhr. Der Windhund war nirgends zu sehen und ich dachte, dass sie ihn vielleicht im Haus gelassen habe und dass er uns Gesellschaft leisten könne, Monti und mir, und so lief ich hoch zu ihrem Haus und öffnete die Fliegengittertür und drehte den Griff der Küchentür und trat ein. Der Windhund sprang im Kreis herum und tat so, als wollte er in seinen Schwanz beißen, und ich ließ ihn hinaus zu Monti, der draußen wartete, und schloss die Tür hinter ihnen und lief hinüber zur Spüle, um das Futter zu suchen. Es roch modrig, die Luft war abgestanden, als wären die Fenster lange nicht mehr geöffnet worden, in der Spüle war schmutziges Geschirr, der Futtersack stand darunter; ich hätte ihn nehmen und nach draußen gehen und den Hund füttern können, doch auf dem Herd stand ein Topf, und ich musste nachsehen, was darin war. Ein Rest Suppe war darin und ein paar Bohnen, die darauf herumschwammen; der Herd befand sich gleich neben der Tür, die auf die Diele hinausging, dort hingen ein riesiger halb blinder Spiegel und ein schweres Ölgemälde in dunklen Farben. Und von der Diele gingen wieder Türen ab und ich öffnete sie, eine nach der anderen, und sah in die Räume, die dahinterlagen; ein Kronleuchter hing in dem einen und ein großes messingverziertes Bett mit einem Baldachin darüber stand in dem anderen und in einem dritten war ein langer Esstisch aus dunklem Holz mit vielen Stühlen darum und in einem vierten gab es mehrere Sitzgruppen mit Sesseln und Tischchen und Stehlampen daneben, und alles sah aus wie aus vergangener Zeit; Spinnweben hingen von den Wänden herunter, die Stoffe waren verblichen, an manchen Stellen waren große feuchte Flecken an den Wänden, aus den Ecken rieselte der Putz, ein Sofakissen war zerrissen und seine Füllung lag auf dem Boden und die kleine graue Katze lag darin und miaute, als ich näher kam. Hi grey kitty, sagte ich und sie erhob sich und streckte sich und strich mir schnurrend um die Beine und kam mit mir hinaus, als ich die Türen hinter mir schloss und zu dem Windhund und Monti in die Sonne trat. Die Pferde waren noch im Stall, und ich sagte good morning, horses und fütterte sie und ließ alle auf die Weide bis auf zwei; ich nahm ihnen die Decken herunter und putzte sie und sattelte eines und nahm es mit zu den Hindernissen und ließ das andere in seiner Box. Fast eine Stunde arbeitete ich mit ihm, ich trabte und galoppierte und parierte es immer wieder durch, bis es folgsam am Zügel stand, und schließlich ließ ich es springen, und wenn wir in der Luft waren, spürte ich die Sonne auf meinem Rücken und das Pferd unter mir; dann versammelte ich es wieder und klopfte ihm den Hals und sagte you're a good horse, you are really good.

Als ich mit dem zweiten arbeitete, hörte ich einen Wagen den Schotterweg entlangkommen, die Steinchen knirschten unter den Reifen, und einen Augenblick lang dachte ich daran wegzureiten, hinüber zur Weide, das Tor könnte ich überspringen und zum Fluss galoppieren und mich dort verstecken und warten, bis der Besucher verschwunden wäre. Doch es war ein Kombi, der auf mich zufuhr und am Zaun anhielt, ein Mann stieg aus und sagte, dass er der Tierarzt sei, er wolle den Pferden ihre Spritzen geben und mir zeigen, wie ich das in Zukunft selber machen könne, er sei mit Arbeit überlastet und käme am liebsten nur, wenn ein Tier wirklich krank sei. Er war klein und dünn und wirkte unwillig, weil ich die Pferde erst noch von der Weide holen musste, er schien nicht gern zu reden und ich dachte, dass das gut sei und er seinen Kunden wahrscheinlich nichts von mir erzählen würde, trotzdem beunruhigte mich die Tatsache, dass er viel herumkam und sicher Gott und die Welt kannte, und ich versuchte, meine Antworten auf seine Fragen, den Gesundheitszustand der Pferde betreffend, in korrektem Englisch zu formulieren. Er fragte nach meinem Namen und ich sagte, dass ich Joanne heiße, und dann zeigte er mir, wie man die Spritzen verabreichte, wie man mit der Faust kurz auf eine Stelle auf der Kruppe schlug und schnell an einer anderen die Nadel in das Muskelgewebe einführte und herauszog und einen lobenden Klaps hinterherschickte; schließlich ließ er mir eine große Packung Epsom salt da und erklärte mir, wie dieses zu verdünnen und das Pferd bei Verletzungen damit zu behandeln sei, auch eine Flasche blue spray für offene Wunden stellte er hin, dann schrieb er die Rechnung und sagte take care, Joanne, und dann fuhr er davon.

Die Staubwolke hing lange in der Luft; ich pfiff die Hunde herbei und holte meinen Badeanzug und ein Handtuch und lief hinunter zum Fluss. Die Sonne schien noch warm, doch das Wasser würde eisig sein, und um mich aufzuwärmen, rannte ich den ganzen Weg; die Hunde sprangen bellend um mich herum, und ich war froh darüber, denn wenn sich ein Bär hier aufhalten sollte, ergriffe er sicher die Flucht. Das letzte Stück Weg ging steil bergab durch niedriges Gehölz; ich nahm einen Stock und schlug vor mir auf den Pfad, um Klapperschlangen zu verscheuchen, es roch ganz schwach nach skunk und warmen Tannennadeln, und unten im Flussbett lag ein riesiger Stein, der nur halb vom Wasser bedeckt war und hell in der Sonne glänzte. Ich zog meinen Badeanzug an und watete ins Wasser, bis die Strömung mich ergriff und ein Stück mit fortzog, dann wendete ich und schwamm langsam und wegen der Kälte keuchend zurück und zog mich auf den Stein und streckte mich darauf aus und ließ mich von der Sonne wärmen; ich hörte, wie Monti neben mir Wasser schlabberte und der Windhund in der Sonne hechelte, und als ich schließlich aufstand und mich anzog und zur Farm zurücklief, fand ich alles so vor wie am Morgen.

Mrs Burke hatte kleine Bändchen gekauft zum Einflechten in die Mähne und tiefschwarzes Huffett und Fliegenspray, und sie sagte, dass am kommenden Sonntag das erste Turnier sei und ich früh um fünf aufstehen und die

Pferde vorbereiten müsse, Mähne und Schweif seien zu flechten und die Augen auszuwaschen, und dass das Fell makellos glänzen solle, verstehe sich von selbst. Gegen sieben solle ich die Pferde verladen, um halb acht brächen wir auf, es sei nicht weit, nur etwa dreißig Meilen, und als ich fragte, wo der Ort sich befände, sagte sie vage drüben, over there, in den Blue Ridge. Jim hatte mich einmal dort mit hingenommen, zu Studienzwecken, wie er sagte, damit ich sehen könne, wie die mountain folks lebten; wir waren zu einer kleinen Ansiedlung gekommen und hatten die Einschusslöcher am Ortsschild gesehen, und Jim hatte gesagt, sie bräuchten kein Gesetz hier oben, sie seien es selber, und wenn von der Regierung einer käme, schössen sie ihm die Reifen platt und manchmal auch die Windschutzscheibe entzwei, je nachdem, wie wütend sie wären; hin und wieder würde einer hochgeschickt, hatte Jim gesagt, weil die Kinder nicht in die Schule gingen und die Dorfbewohner untereinander heirateten und weil sie die Kinder hielten wie Vieh, doch sie ließen den Beamten nicht einmal aussteigen, hielten ihm die Gewehrmündung ins Auto und könnten sicher sein, er käme nicht wieder. Jim hatte gesagt, dass ich nicht nach rechts und nicht nach links schauen dürfe, look straight ahead, hatte er gesagt, und dann hatte er mich an einen See gebracht, der einsam und still in einer Mulde lag, und wir waren ausgestiegen und um den See herumgelaufen und ich hatte immer zu den Bergen hinübergeblickt und gedacht, dass sie ihre Kinder dort halten wie Vieh. Wir waren zu einem abgelegenen Haus gekommen, es schien niemand da zu sein, nur ein paar große Hunde waren an kurzen schweren Ketten an ihre Hütten gebunden, sie hatten gewinselt und ich war zu ihnen hingegangen und hatte hi dogs gesagt und sie losgebunden, einen nach dem anderen, und sie waren in langen Sprüngen davongesetzt und binnen kürzester Zeit im Wald verschwunden. Und dann waren die Bewohner zurückgekommen und mit Schlagstöcken aus ihren pickups gesprungen und hatten uns einen halben Tag durch Felder und Wälder gehetzt, dass wir ihnen entkommen konnten, sei ein Wunder gewesen, hatte Jim später gesagt, später, nachdem er eine Rute aus dem Garten geholt und mich geschlagen und geschrien hatte, außer sich war er gewesen, und ich hatte nicht verstanden, warum, und wer es war, den er schlug.

Jim hatte gesagt, dass ich das Haus nicht mehr ohne ihn verlassen solle, vielleicht hätten sie unsere Spur doch verfolgen können, er brachte mich früh zu meinen Vorlesungen an der Uni und holte mich in seiner Mittagspause wieder ab und brachte mich nach Hause; hinter jedem Busch glaubte ich jemanden mit einem Schlagstock zu entdecken, und Jim sagte quite a mess you've put yourself into und legte seinen Arm um mich, und wenn ich unser Haus sah, atmete ich auf und blieb den ganzen Nachmittag darin, und wenn Jim abends heimkam, kochte ich ihm ein Omelette mit Pilzen und stellte es vor ihn hin und sagte tell me, how was your day.

Als der Sonntag kam, flocht ich kleine Zöpfchen in die Mähnen der Pferde und band die Bändchen darum und flocht auch den Schweif und band ihn hoch, um halb acht waren die Pferde verladen, und Mrs Burke kam in Reitrock und weißer Hose herunter und kletterte in den Jeep und sagte Joanne, let's go. Ich fuhr langsam und vorsichtig, weil ich nicht daran gewöhnt war, einen Pferdeanhänger an den Jeep angekoppelt zu haben, und Mrs Burke saß neben mir und knetete ihre Hände und sah starr vor sich hin, und gelegentlich sagte sie hurry up, I don't want to be late. Wir fuhren eine andere Strecke als damals mit Jim, diese verlief parallel zu den Blue Ridge und führte nicht in die Berge hinauf, es gab keine durchschossenen Ortsschilder, sondern nur hier und da eine Farm mit Pferden auf den Weiden und weißgestrichenen Zäunen darum; schließlich wurde die Straße breiter, ein paar Häuser kamen in Sicht und ein country store, auf einem großen fähnchengeschmückten Schild stand Horse Show, und ein dicker Pfeil zeigte nach links; der Weg, der zum Turnierplatz führte, war holprig und die Pferde wieherten im Anhänger, und ich war froh, als wir endlich da waren und ich sie ausladen und an einen Zaun binden und ihnen etwas Heu vorwerfen konnte, um sie zu beruhigen. Auch hier waren überall Fähnchen, die im Wind flatterten, es gab ein Zelt, in dem man Erfrischungen kaufen konnte, einen Abreitplatz und ein Dressurrechteck und eine Wiese mit dem Parcours; Pferde wurden von jungen Mädchen in Jeans herumgeführt oder gestriegelt oder getränkt, Gamaschen wurden angelegt und Hufe eingefettet, aus den Lautsprechern erklang fröhliche Blasmusik, und überall standen Reiter in Grüppchen zusammen und redeten und lachten und winkten denen, die neu ankamen, zu. Mrs Burke klopfte sich ein Stäubchen von der Jacke und sagte, dass sie ihre Platznummer holen gehe, und lächelte auf ihrem Weg in alle Grüppchen hinein, doch nur wenige schienen sie zu kennen und ich sah niemanden, der sie ansprach, und so war sie gleich wieder da und sagte, dass sie schon im ersten Durchgang dabei sei und dass ich satteln solle; sie ging zum Jeep und nahm ihre Sporen heraus und beugte sich ächzend vor, um sie anzulegen, und dann kam sie sofort wieder herbei und lief um das Pferd herum und legte ihre Hand auf die Zöpfchen und sagte, dass die Hufe nicht gleichmäßig gefettet seien und dass ich mit einem Tuch über das Fell fahren solle, bevor sie aufsteige. Ich zog den Sattelgurt fest und fettete die Hufe neu und wischte den Staub ab und half ihr schließlich beim Aufsitzen, indem ich sie in meine zusammengelegten Hände treten ließ, und dann richtete sie sich im Sattel gerade auf und schaute in die Runde und hob ihre Mundwinkel zu einem Lächeln und ritt langsam davon. Ein Mann kam vorbei und schüttelte den Kopf und sagte she just can't stop, can she und ging weiter, und erst da fiel mir auf, dass die anderen Reiter viel jünger waren, und als sie über den Lautsprecher zum Springen aufgerufen wurde, lief ich hinüber zum Parcours und verbarg mich hinter einem Baum. Sie hatte rote Flecken im Gesicht und hielt die Zügel sehr fest und fiel nach jedem Sprung hart in den Sattel zurück, und ich hörte, wie die Preisrichter auf der Tribüne miteinander tuschelten und wie einer lachte und dass der Applaus spärlich kam, als sie ihren Durchgang beendet hatte. Als sie zum Jeep zurückritt, hielt sie einer an und sagte well hello, Mrs

Burke, still among the top ten und lachte und sie lächelte geschmeichelt und meinte only giving our best und lächelte immer noch, als sie bei mir ankam und vom Pferd stieg. Sie hatte sich für mehrere Wettbewerbe angemeldet und wechselte zwischen den Pferden ab, so dass ich immer eines hatte, das ich trockenführen und neu putzen und wieder satteln musste; spät am Nachmittag ließen sie sie eine Rosette gewinnen und noch später ein Päckchen Seife und sie legte beides in den Jeep, und als der Mann vom Vormittag wieder vorbeikam, sagte er congratulations, Mrs Burke, you are doing really well, und sie lächelte noch, als wir längst im Jeep saßen und die Pferde hinter uns ruhig und müde im Anhänger standen und ich in den Schotterweg einbog und die Sonne hinter den Bergen verschwand.

Die Blätter begannen zu fallen und deckten den Rasen vor Mrs Burkes Haus zu; ich holte einen Rechen und eine Schubkarre aus dem Schuppen und rechte sie zu kleinen Haufen zusammen und lud sie erst auf die Schubkarre und dann auf den Anhänger, den ich zum Mistfahren benutzte, und brachte sie hinaus auf den Dungplatz. Einmal kam Mrs Burke aus ihrem Haus und ließ mich wissen, dass am kommenden Samstag ein Empfang sei und am Tag darauf die erste Fuchsjagd und dass ich ihr auch im Haus helfen müsse und dass der Schmied noch vorher komme, um die Pferde zu beschlagen, und als ich am Nachmittag nach einem schweren tiefen Mittagsschlaf aus meinem cottage trat, war er schon da. Er stand am Weidentor und rief die Pferde, die ich noch nie zu dieser Tageszeit in den Stall gebracht hatte, doch sie kamen alle herbei und er öffnete das Tor und nahm das erste am Halfter und brachte es zum Stall, wo er es im Stallgang anband und hinter den anderen die Boxentüren schloss. Er nickte mir zu, als er mich erblickte, und sagte hi, I am Pat, dann lief er zu seinem Combi und öffnete die Fahrertür und drückte auf einen Knopf, und es war Händels Feuerwerksmusik, die da erklang, während er sein Werkzeug zurechtlegte und schließlich auf das Pferd zutrat und es beim Namen nannte und aufmerksam ansah, wie es stand, wie es sein Gewicht verteilte, wie lang die Hufe gewachsen waren und ob die Hufwand irgendwo abbröckelte. Er ließ die Hand langsam am Vorderbein heruntergleiten und hob den Huf auf und schnitt ihn zurecht, so dass die Hornspäne flogen, und dazwischen fuhr er mit der Handfläche über die Hufränder, die jetzt weißlich glänzten wie frischgeschältes Holz. Dann nahm er die Feile und schabte kleine Unebenheiten im Horn ab und fachte das Feuer an und schob das Eisen in die Glut und nahm es nach einer kleinen Weile mit einer Zange heraus; er klopfte es auf dem Amboss zurecht und legte es wieder auf den Huf, dass das verbrennende Horn dampfte, dann setzte er die Nägel an und trieb sie in die Hufwand hinein und knipste ihre Enden ab, und schließlich ließ er den Huf los und richtete sich auf und sah zu, wie das Pferd sich auf das neue Eisen stellte. Er spitzte die Lippen und pfiff ein paar Takte zu Händels Musik und trat erneut an das Pferd heran und hob den nächsten Huf auf, und ich stand da und sah ihm dabei zu und merkte nicht, wie die Zeit verging, bis Mrs Burke kam und sagte, dass noch genügend Blätter auf dem Rasen lägen. Ich fühlte, dass Pat herübersah, als ich mit ihr auf ihr Haus zuging; nach einer Weile kam ein Windstoß und trieb wieder den Geruch nach verbranntem Horn zu mir herüber und vermischte ihn mit dem Duft von nassem, schwerem Laub, und ich rechte die Blätter und hörte, ganz schwach, die Musik.

Jim liebte Beethoven und Billy Joel, und er spielte sie immer nacheinander: erst die Neunte, dann den Piano Man. So dass sich beide im Lauf der Zeit in meinem Kopf zu einer Einheit vermischten und ich sie mir einzeln gar nicht mehr denken konnte und immer auf das zweite Stück wartete, während ich das erste hörte. Die Musik drang durch die dünnen Wände des Studentenwohnheims zu mir herauf, noch bevor ich Jim kennenlernte, sie rührte etwas in mir an und ich lauschte ihr mit Entzücken, und manchmal war mir, als würde sie mich um eine Bürde erleichtern, von der ich gar nicht gewusst hatte, dass ich sie trug. Ich fand bald heraus, wer es war, der sie hörte, und begann, mit meiner Zimmernachbarin Federball vor seinem Fenster zu spielen, bis er herauskam und ihr den Schläger aus der Hand nahm und die Bälle hoch in die Luft schlug, so dass ich mich strecken musste, um sie zu erreichen; bald spielten wir täglich zusammen, und eines Abends nahm er mich zu einem Spaziergang mit und wir gingen über den Campus, und er sagte I've never kissed a German lady und dann küsste er mich. Er hatte schöne dunkle Augen und rotblonde Haare und Sommersprossen auf den Armen, und wenn er mich abends ausführte, ins Kino oder eine Ballettaufführung oder ein Theaterstück, trug er einen weißen Anzug und einen eleganten Hut und stippte beim Gehen die Spitze seines Regenschirms lässig auf das Pflaster. Er nahm mich mit nach New York, wo seine Schwester am Broadway tanzte, führte mich die Fifth Avenue hinauf und hinunter und bog dann plötzlich in eine Seitenstraße ein, wo unter Feuerleitern betrunkene Obdachlose zwischen Müllkübeln kauerten, er warf ihnen ein Geldstück hin und legte seinen Arm um mich, als ich mich an ihn drängte. An den Eingängen zur subway standen junge Schwarze und verkauften Stöcke und Peitschen und schrien you might need them, down there, und die Wagen waren leer, weil wir am Vormittag damit fuhren und weil, wie Jim sagte, nur wenige es wagten, sie zu benutzen. Wir fuhren aufs Empire State Building hinauf und er zeigte mir die Stelle, von der aus Selbstmörder in die Tiefe springen, und ich sah hinunter auf die Stadt mit all den Autos und Menschen und breiten Boulevards und engen Hinterhöfen und Feuerleitern und hörte Hupen und Bremsenquietschen und Rufe und an mehreren Stellen das Aufheulen von Sirenen, das Empire State Building spiegelte sich in einem riesigen gläsernen Wolkenkratzer gegenüber und ich sah, wie es schwankte, und sagte Jim, let's go back down, und Jim lachte mich aus und sagte Joanne, that's America for you.

America klang anders, wenn er es sagte, als es geklungen hatte, wenn ich es zu Hause in Deutschland vor mich hin gesprochen hatte, es klang drohend und nackt und gefährlich und unüberschaubar und so, als könnte man sich darin verlieren. Zu Hause hatte es nach Weite geklungen und nach Freiheit und danach, dass ich anders werden könnte, als ich war, dass Grenzen da seien, um überwunden zu werden, und dass jenseits etwas auf mich wartete, eine neue Haut, in die ich schlüpfen könnte, eine, die weiter war und besser passte und in der ich wachsen konnte nach Belieben. Doch schon im Flugzeug waren mir Zweifel gekommen, als es abhob und die Motoren laut dröhnten und ich in den Sitz gedrückt wurde, als wären meine Wünsche gänzlich ohne Belang, als ich Schwindel spürte und schon wieder Angst, eine Angst, die ich kannte, und ich wusste nicht, was schlimmer war, die Angst selber oder das Gefühl, ihr nirgends entgehen zu können und dass ich es hätte wissen müssen, dass Amerika schließlich auch nichts anderes sein würde als ein Phantom. Und als wir über dem Ozean waren und die Motoren gleichmäßig brummten und ich über den Flügel hinweg auf das Wasser hinuntersah, glaubte ich, dass wir in der Luft stillstünden und nun für immer da oben gefangen wären, dass die Zeit aufgehört hätte zu verstreichen, und ich dachte immer nur, dass es mir recht geschähe, dass man sich eben mitnähme, wohin auch immer man ginge, und dass das Flugzeug erst weiterflöge, wenn ich aufhörte, Erwartungen zu hegen, ich sagte mir, nur Schlangen häuten sich, Menschen nicht, und da flog es weiter.

In Chicago schienen die Wolkenkratzer noch höher als in New York, ich dachte an ein Buch, das ich soeben gelesen hatte, Manhattan Transfer, in dem jemand sagte

God, I wish I were a skyscraper, und ich verstand, warum er es sagte, so groß und fest gefügt und kalt, wie sie waren; man musste den Kopf in den Nacken legen, um die Spitze des Sears Tower zu betrachten, während der Verkehr um einen herum flutete und die Sirenen aus allen Windrichtungen jaulten und der Himmel nur in Fetzen sichtbar war. Später saß ich mit den anderen deutschen Studenten, die wie ich an einer amerikanischen Universität studieren wollten, in einem Reisebus und hörte den Stolz in der Stimme des Reiseleiters, der auf die weltweit ersten Stahlskelettbauten hinwies und auf die School of Architecture und auf die neugotischen und barocken Ornamente, die die Wolkenkratzer verzierten, und der verstummte, als wir durch einen Slum kamen, wo schwarze Frauen auf den Treppen vor ihren Häusern saßen und teilnahmslos zu uns herstarrten und ihre Kinder, in Lumpen gekleidet, im Unrat spielten. Der Fahrer fuhr schneller, als ein Stein auf dem Dach unseres Buses landete, ein paar Jugendliche standen herum und schüttelten die Fäuste, und für einen Moment sah es so aus, als wollten sie uns den Weg versperren, denn die Straßen waren eng und es wäre ein Leichtes gewesen, den Bus anzuhalten, doch sie überlegten es sich anders und ließen uns passieren und wir setzten unseren Weg fort, langsam genug, um die Risse im Mauerwerk zu sehen und die zerbrochenen Fensterscheiben und die umherhuschenden Ratten und die eingefallenen Gesichter und die erloschenen Augen. Als die Straßen wieder breiter wurden, räusperte sich der Reiseleiter und kündigte ein Konzert an, das am Abend am Ufer des Michigansees gegeben werden sollte, er sagte, es gehe immer eine frische Brise dort unten, die vom See herkomme, und man habe die Skyline im Blick; er entschuldigte sich dafür, dass der Fahrer infolge von Umleitungen einen Umweg durch einen Stadtteil habe machen müssen, der nicht zu seiner üblichen Route gehöre, doch er hoffe, wir hätten die Stadttour trotzdem genossen. Am Abend saß ich unten am See und sah, wie sich der Sonnenuntergang in den Scheiben der Wolkenkratzer spiegelte und lauschte den Erzählungen einer jungen Frau, die soeben ein Studienjahr in den Staaten abgeschlossen hatte, sie sprach davon, wie viele Verbrechen es hier gebe und wie vorsichtig man sein müsse und dass man nach Einbruch der Dunkelheit nicht mehr ohne Begleitung das Haus verlassen könne und dass es in jeder Stadt Bezirke gebe, die man grundsätzlich meiden solle; dann begannen die Musiker auf der Bühne zu spielen, sie spielten Beethoven und nicht, wie angekündigt, Dvořák und die Symphonie Aus der Neuen Welt, und es war seltsam, das Gefühl, als wäre alles überall gleich und doch hier nichts so, wie ich es kannte.

Am Samstagmorgen fuhr Mrs Burke in die Stadt, um für den Empfang einzukaufen; bevor sie in den Wagen stieg, sagte sie, dass sie eigentlich noch jemanden einstellen müsse, der die Hausarbeit besorge, ich sei ja so von allem anderen in Anspruch genommen, dass mir dazu die Zeit fehle, und nun hinge alles an ihr, und das ginge doch nicht an. Sie schaute wie immer an mir vorbei, als sie das sagte, nur kurz flackerte ein Blick über mein Gesicht, sie seufzte und sagte oh well und atmete hörbar aus und startete den Wagen. Ich sah, dass wieder Blätter herabgefallen waren, und rechte sie zusammen und versorgte die Tiere, dann harkte ich die Steinchen auf der Auffahrt und kehrte die Treppe und zupfte die braunen Blätter aus der Hecke vor ihrem Haus und wusch den Türrahmen der Vordertür ab, an der kein Fliegengitter angebracht war, weil Mrs Burke sie selten benutzte, nur der Windhund schien dort öfter um Einlass zu betteln, denn ich fand Kratzspuren und Pfotenabdrücke bis in Höhe des Türgriffs. Dann kam Mrs Burke zurück und ich trug ihr die Vorräte ins Haus und sie sagte, dass ich nach dem Essen kommen müsse, um alles für den Abend herzurichten, sie stützte kurz die Hände in die Hüften und sah sich um und ging wieder zur Hintertür hinaus und die Treppe hinunter und ich bemerkte, dass sie ein klein wenig hinkte. In der Spüle stapelte sich wieder das Geschirr, und bevor sie hereinkam, hatte ich heißes Wasser in das Becken gelassen und mit dem Abwasch begonnen. Don't forget to feed the dog, sagte sie und legte einen Strauß roter Rosen auf den Küchentisch; sie holte eine Vase, die zu niedrig für die langstieligen Blumen war, und stellte sie hinein, während ich das Geschirr abtrocknete und in die Schränke stapelte. Unten in meinem cottage wärmte ich mein TV-dinner und gab Monti einen Hundekuchen, dann rief ich die Pferde, die sich noch in den Wäldern herumtrieben, und es dauerte nicht lange, da hörte ich sie vom Fluss her den Abhang heraufgaloppieren; ich brachte sie in ihre Boxen und fütterte sie und räumte den Stall auf und fegte die Stallgasse, dann zog ich mich um und ging wieder hinauf in Mrs Burkes Haus und begann mit den Vorbereitungen für den Abend. Ich belegte Brothälften mit Ei und häufte Messerspitzen Lachsersatz und falschen Kaviar darauf und richtete alles auf großen silbernen tablettähnlichen Platten an, die grau angelaufen waren und die ich erst mit einem Lappen sauber wischen musste; schließlich platzierte ich verschiedene kleine Lämpchen so, dass ihr Licht nicht in die Ecken fiel, und als es dämmrig wurde, knipste ich sie an und schaltete den Kronleuchter ein und nahm die Rosen und stellte sie in einer hohen Vase darunter, und Mrs Burke lief von einem Raum in den anderen und zog sich schließlich für eine Weile in das Zimmer mit dem Baldachin zurück; als sie herauskam, trug sie ein hellblaues bodenlanges Kleid, das mit Perlen besetzt war, und ich sagte you look nice, Mrs Burke, und sie sagte really, und für einen Augenblick erschien ein Lächeln um ihre Mundwinkel, das gleich wieder erstarb, als sie ein Auto draußen vorfahren hörte. Nach und nach kamen die Gäste herein, die Damen alle im langen Kleid und die Herren im Smoking, sie lächelten knapp und überreichten Mrs Burke Blumen oder Pralinen, die sie an mich weiterreichte, sie stellte mich nicht vor, sondern sagte go get the champagne, und ich brachte die Gläser und den Sekt und hielt das Tablett den Gästen hin und sie sagten thank you und dann fragten sie what's your name und ich sagte Joanne und dann lächelten sie noch einmal und wandten sich ab. Mrs Burke schwebte von Raum zu Raum und von Grüppchen zu Grüppchen und hielt ihr Sektglas hoch und lächelte töricht, und der Windhund hielt sich neben ihr und legte sich zu ihren Füßen nieder, wenn sie bei einem Gast stehen blieb und mit ihm sprach; die Stimmen klangen vornehm gedämpft wie ein ferner Singsang und lullten mich ein, das Licht schien weich, und als ich spät in der Nacht vor das Haus trat und zu meinem cottage hinunterlief, das im Dunklen lag, war es, als erwachte ich aus einem Traum. Monti war da und schob seinen Kopf unter meine Hand; und da ich noch das Knirschen der Reifen auf dem Kies im Ohr hatte, hörte ich nicht gleich, dass das Telefon in meinem cottage klingelte, wieder und wieder.

Die letzten Gäste stiegen in ihre Wagen und schlugen die Türen zu und fuhren davon; Mrs Burke schaltete das Licht aus, das die Auffahrt erleuchtete, und ich stand in der Dunkelheit und lauschte dem schrillen Klingeln, das mich aus dem Innern meines cottages zu rufen schien. Wenn ich den Hörer abnähme und es wäre nicht Jim, sondern irgendjemand anders, vielleicht ein Freund des Arabers, der vor mir hier gewohnt hatte und dessen Spuren ich noch hier und da fand, ein Stofftaschentuch unter der Matratze zum Beispiel oder ein kleines scharfes Taschenmesser draußen auf der Schaukel, wenn es irgendjemand anders wäre als Jim, könnte ich hello sagen und no, he doesn't live here any more, und dann könnte ich auflegen, und die Nacht wäre vielleicht noch immer voll der sanft raunenden Stimmen und des gedämpften Lichts und der leise klickenden Schritte auf Mrs Burkes Parkett. Ich müsste nur die wenigen Schritte zu meiner Haustür hinunter machen und sie aufschließen und ganz selbstverständlich zum Telefon laufen und den Hörer abnehmen, so als hätte ich nichts zu befürchten, und wenn es dann doch Jim wäre, würde er meine Stimme nicht wiedererkennen und auflegen und denken, er hätte sich geirrt. Doch ich konnte mich nicht bewegen; mit der Hand auf Montis Kopf stand ich da, als würden Wurzeln aus meinen Füßen in die Erde wachsen, und auch Monti stand regungslos, bis endlich das Klingeln verstummte, aber dann kam die Angst, mächtiger noch als in den Zeiten davor.

Jim arbeitete als store manager in einem kleinen Lebensmittelgeschäft auf der downtown mall, um sich Geld für sein Studium zu verdienen, das er im nächsten Jahr an der graduate school fortsetzen wollte; der Laden hatte bis in die Nacht hinein geöffnet, und es trieben sich dort oft Gangs von Jugendlichen herum, die Bier kauften und sich betranken und an den Regalen mit Zeitschriften die Comics herausnahmen und darin blätterten und die Tür beobachteten, um zu sehen, wer hereinkam, und einmal war ein weißes Mädchen Hand in Hand mit einem Schwarzen hereingekommen, sie hatte laut und schrill gelacht, und die Gang hatte ihren Freund in eine Ecke gedrückt und einer hatte das Mädchen aus dem Laden gezogen, und dann hatten sie den Jungen zusammengeschlagen und vor den Regalen liegen gelassen und waren hinausgestürmt und hatten Obszönitäten gebrüllt und waren dahin gerannt, wo der andere war und das Mädchen. Jim sagte, er habe sich am folgenden Tag ein Gewehr gekauft und es in die Schublade unter der Kasse gelegt; ich könnte mir sicherlich vorstellen, was mit dem

Mädchen passiert wäre, sie sei selber schuld, sagte Jim, wer mit einem Schwarzen ginge, triebe es doch wohl mit allen.

Am nächsten Morgen ließ ich die Pferde im Stall und nahm ihnen die Decken herunter und sprühte blue spray auf die Stellen, wo der Stoff das Fell aufgerieben hatte, dann putzte ich sie und flocht ihnen die Mähnen ein; es war kühl und meine Hände waren steif und der Rücken tat mir weh, weil ich die ganze Nacht bei Monti auf dem Boden zugebracht hatte, ich sah, dass Spinnweben in den Ecken der Boxen hingen, und dachte, dass ich sie hätte wegkehren sollen und dass ich das nachholen müsste, irgendwann; ich legte meinen Kopf an die Flanke des Pferdes, das ich gerade putzte, er ging auf und ab im Rhythmus der Atemzüge, das Fell war warm, und ich war müde, entsetzlich müde, und schloss die Augen; doch da hörte ich draußen einen Wagen näher kommen und das gedämpfte Kläffen vieler Hunde, und ich sah einen Jeep mit einem großen flachen Anhänger dahinter die Auffahrt herauffahren und ging hinaus und beobachtete, wie die Klappe des Anhängers geöffnet wurde und wie die Beagles herausstürmten und, die Nase am Boden, in alle Windrichtungen davonstoben und dabei unentwegt japsten und kläfften. Der Mann, der sie gebracht hatte, war am Vorabend einer von Mrs Burkes Gästen gewesen, er sagte good morning zu mir und suchte dann in seinem Gedächtnis nach meinem Namen, doch er fiel ihm nicht ein; er rief die Hunde zurück und fragte, ob Mrs Burke bereits fertig sei, er trug einen roten Reitrock und ein weißes Hemd und weiße Hosen und einen schwarzen Helm, und ich sah, dass er eine vorspringende Nase hatte und kleine schmale Augen und dass er ungeduldig war und seinen Blick unruhig über die Meute gehen ließ. Bald fuhren die anderen Wagen vor; ich erkannte alle Gäste vom Vorabend wieder, sie waren ebenso gekleidet wie der Mann mit der Meute, manche nickten mir zu und fragten, ob ich schon gesattelt hätte, und ich lächelte und sagte it'll be done in a minute und verschwand in der Sattelkammer und holte die Sättel und das Zaumzeug und machte die Pferde der Reihe nach fertig, alle acht; auch sie waren unruhig und tänzelten in ihren Boxen herum und streckten ihre Köpfe zu den Türöffnungen heraus und blähten die Nüstern und zogen aufgeregt die Luft ein, so dass es mir schwer fiel, den Sattelgurt anzuziehen. Die Reitgäste waren an die Boxen herangetreten und sahen mir bei meiner Arbeit zu, und als ich fertig war, führte ich ein Pferd nach dem anderen vor und legte meine Hände zusammen, so dass sie hineintreten und aufsitzen konnten; auch Mrs Burke war inzwischen heruntergekommen und aufgesessen, und sie sagte zu mir, wie am Abend zuvor, dass ich den Champagner holen solle, und so ging ich hinauf in die Küche und holte ein Tablett mit halb gefüllten langstieligen Gläsern und reichte es herum; sie nippten an dem Sekt und riefen hunt opened und stellten das Glas wieder auf das Tablett, der master of the hounds rief die Meute herbei, und die Hunde stürzten los, wie entfesselt, hinunter zum Fluss. Ich stand da, das Tablett in der Hand, und sah zu, wie die

Reiter hinterherstürmten, sie übersprangen das Weidentor in weiten Sätzen, und bald hörte ich nur noch das Kläffen der Hunde, das sich allmählich entfernte. Der Windhund war den Reitern gefolgt, nur Monti war noch da und hatte die Ohren gespitzt und lauschte in die Richtung, aus der das Bellen der Meute kam, doch als ich die Hand ausstreckte und ihm bedeutete, dass er mitrennen dürfe und nicht bei mir bleiben müsse, blieb er stehen und sah mich an und wedelte schwach mit dem Schwanz.

Als sie am Abend wiederkamen, stellten sie die dampfenden Pferde in die Boxen, der master warf die toten Füchse in seinen Jeep, und dann sagten sie thank you so very much, Mrs Burke, that was an exquisitely splendid day, und Mrs Burke lächelte und sagte you're welcome und stellte sich auf die Treppe, um den Gästen zu winken, und ich hörte, wie eine der Damen leise zu einer anderen sagte, dass sie am nächsten Wochenende Golf spielen gingen, sie strich sich die Haare hinter die Ohren dabei, an denen große silberne Clips leuchteten, und lächelte zu Mrs Burke zurück und hob in einer kleinen Geste die Hand, um ihr zu winken. Ich legte den Pferden ihre Decken auf und fütterte sie, und als ich den Stall verließ, war es fast dunkel; in Mrs Burkes Haus brannte ein Licht, unten in der Küche, sie saß sicher am Tisch und aß ein Sandwich vom vorigen Abend, und als ich da stand, fiel ein Regentropfen auf meinen Kopf und dann noch einer, bald regnete es in Strömen, ich ließ das Wasser an mir herabrinnen, bis Monti zu winseln begann und seinen Kopf mit einer auffordernden Gebärde unter meine Hand schob und ich schließlich zu meinem cottage hinunterlief, und dabei dachte ich, jetzt kommt der Regen, und dann kommt der Schnee.

Im student dormitory teilte ich mein Zimmer mit einer Japanerin, die Yoko hieß, und wenn ich am Schreibtisch saß und in den Regen hinaussah, der stetig und gleichmäßig fiel, hörte ich, wie sie die Seiten ihres Buches wendete, und das Kratzen ihres Füllfederhalters auf dem Papier, und einmal räusperte ich mich und fragte what's it like to be Japanese in America, doch sie sagte nur it's okay, I guess und schrieb weiter und wendete weiter die Seiten um. Sie war an der business school und arbeitete ununterbrochen, früh um fünf klingelte ihr Wecker, sie machte sich einen Kaffee und trank ihn und blätterte dabei in ihren Büchern; nach einem Dreivierteljahr hatte sie einen nervous breakdown und brauchte student counselling, und manchmal sah sie jetzt auf von ihrer Arbeit und sah mich an und sagte if I don't work hard, I will not make it. Das Zimmer, das wir teilten, war eng, zwei Betten standen darin und zwei Schreibtische, und dann gab es noch eine kleine Küche und eine Sitzecke mit einer großen Stehlampe darüber, doch dort saßen wir nie; wenn ich vom Schreibtisch aufstand, ging ich über den Campus und hörte Vorlesungen oder besuchte Kurse, ich war umgeben von Studenten, die alle viel jünger waren als ich und die miteinander lachten und tuschelten, ich aß in der student cafeteria zu Mittag, und dann ging ich zurück an meinen Schreibtisch und arbeitete und las und verließ das Haus nur noch einmal, um im A&P Brot zu kaufen und Käse und ein sixpack Bier, das Paulaner hieß und wässrig schmeckte und das ich am Abend trank. Der student counsellor verordnete Yoko Bewegung, und sie fragte mich, was sie tun solle, und ich schlug Federball vor, weil ich herausfinden wollte, wer es war, der Beethoven und Billy Joel hörte; wir spielten ein paar Mal, doch dann begann es zu regnen und Yoko sagte, dass wir im Frühjahr weiterspielen könnten, und tatsächlich verwandelte sich der Rasen um das Wohnheim bald in Matsch; ich saß am Schreibtisch und sah hinaus, manchmal kam von unten Musik, dazwischen hörte ich Yokos Seufzen, die Tage wurden kürzer und der Regen wurde stärker und prasselte gegen die Fensterscheiben, und wenn ich über den Campus lief, zerrte der Wind an meinem Schirm.

In der Stallgasse stellte ich zwei Holzböcke in einiger Entfernung nebeneinander und legte eine Stange darauf, über die ich am Abend die Decken hängte, wenn ich die Pferde von der Weide hereinholte; ihr Fell war inzwischen etwas nachgewachsen, so dass ich sie die Nacht über ohne Decken in ihren Boxen lassen konnte, doch wenn ich sie ihnen am Morgen auflegte, waren sie noch klamm und ich fürchtete, dass sich die Tiere erkälten könnten; sie waren aber widerstandsfähiger, als ich dachte. Die Wolken hingen tief herab bis auf die Spitzen der Bäume, der Schotterweg und die Ausläufer der Blue Ridge versanken in einem dichten Nebel, und es gab nur noch Mrs Burkes Haus und mein cottage und die Stallungen, die wie rechteckige Klötze in dem Grau saßen, selbst die Scheune auf der Weide war nicht mehr zu erkennen. Es gab keine weiteren Fuchsjagden und keine morgendlichen Ausritte mehr, und Mrs Burke sagte, dass sie nun immer regelmäßig früh in die Stadt fahren müsse, um wichtige Termine wahrzunehmen, und dass ich die Tiere versorgen und die Stallungen auf eventuelle Schäden hin inspizieren solle. Wenn ich früh aus dem Haus trat, hörte ich das Klappen der Wagentüre, und wenn ich dann zu den Stallungen hochlief, sah ich die Rücklichter ihres Autos im dichten Nebel verschwinden, der sich hinter ihr schloss wie eine Mauer; ich spürte die Regentropfen auf meinem Gesicht, die langsam und stetig meine Wangen herabrannen, und eines Morgens bemerkte ich, dass es auch Tränen waren, die sich mit Regen und Nebel mischten, ich hatte fast unmerklich zu weinen begonnen und wischte die Tränen nur dann weg, wenn Mrs Burke mittags zurückkam und einen kurzen Rundgang durch die Stallungen machte; manchmal störte es mich, dass sie meinen Blick verschleierten, insbesondere bei Arbeiten, die einiges Augenmaß erforderten, wie das Ausbessern und Verfugen der Stallfenster oder das Zerlegen und Putzen des Zaumzeugs, doch sonst glich mein Weinen dem, was die Pferde taten, wenn sie stundenlang reglos und mit gesenktem Kopf am Weidentor standen. Die Nächte wurden länger und gingen fast unmerklich in das Grau des Tages über, das sich gegen Abend wieder verdichtete und verdunkelte und zur Nacht wurde und am Morgen allmählich wieder zum Tag, und da es schwer war, Übergänge auszumachen und die Tageszeiten voneinander abzugrenzen, kam die Angst auch am Tag, erst nur manchmal und dann immer öfter und schließlich war es, als verschwände sie überhaupt nicht mehr, und da sie immer da war, gewöhnte ich mich daran.

Immer dann, wenn ich die Boxen komplett leer räumte und zum Dungplatz hinausfuhr, bedeutete ich Monti, mich zu begleiten; er rannte folgsam neben dem Traktor her, obwohl er den Regen nicht mochte, und wartete geduldig, bis ich den Anhänger abgeladen hatte; für gewöhnlich ließ ich den Motor laufen, und wenn sich dann eins der Pferde aus dem Nebel löste und auf mich zutrat, erschrak ich oft bis ins Mark, weil ich seine Tritte nicht gehört hatte. Ich stieg jedes Mal ab und sagte hi horse, doch es fiel mir zunehmend schwerer, die Lippen auseinander zu bewegen, ich fühlte, dass es Laute geben müsse, die besser dazu geeignet waren, das auszudrücken, was in mir war und nach außen dringen wollte, und bald fand sich ein monoton klagender Laut, der tief in meinem Innern erwuchs und bei geschlossenen Lippen und ohne jegliche Anstrengung zu produzieren war und der sich anhörte wie der Ruf der Raubvögel, die über den Wäldern ihre Kreise zogen; und ebenso langsam und stetig, wie diese ihre Schwingen auf und nieder bewegten, verrichtete ich die einzelnen Handgriffe meiner Arbeit in ruhigem Gleichmaß. Dabei schien sich die Grenze, die zwischen mir und den Dingen war, aufzulösen, so dass alles, was ich berührte, zu einem Teil meiner selbst wurde oder ich ein Teil von ihm, es war, als verwüchse ich damit und würde immer schwerer und näherte mich dem Boden und als wären meine Beine die Wurzeln einer Pflanze und meine Hände die Schaufeln eines Tieres, und wenn ich aß, beugte ich meinen Kopf über den Teller und leckte das Essen mit der Zunge heraus. Eines Tages hob ich den Kopf und sagte one very warm worm, und dann hörte ich gellendes Gelächter, das sich in den Wänden meines cottage fing und Monti winselnd aufspringen und zur Tür rennen ließ, während ich dasaß und lachte und immer wieder den Satz vor mich hinsagte, den Jim mir zur Verbesserung meiner mangelhaften Aussprache, insbesondere des englischen v- und w-Lautes, zur Übung vorgesprochen hatte. Und dann kniff ich mich in meinen Oberarm und in mein Bein, und weil ich nicht glauben konnte, dass ich nichts spürte, hob ich auch noch meinen Pullover an und kniff mich in den Bauch, der sich in dicken Ringen vor meinem Körper wölbte, und als das Telefon klingelte, ging ich hin und nahm den Hörer ab und sagte hello und lachte hinein.

Es war Mrs Burke, die mir sagte, dass der Windhund verschwunden sei und dass ich ihn suchen solle; ihre Stimme klang seltsam entfernt, so als rufe sie von weit her an und nicht von ihrem Haus, und ich sagte of course, Mrs Burke, und legte auf. Monti sprang mit mir hinaus und holte einen Stock und ließ ihn vor mir fallen; ich bückte mich langsam und hob ihn auf und warf ihn ein Stück, und dabei sah ich, dass Mrs Burkes Außenlicht brannte, obwohl es erst Mittag war. Ich stieg die Treppe hoch und sah in die Küche hinein, ein langstieliges Glas stand auf dem Tisch und ein halb voller Teller, doch Mrs Burke war nicht zu entdecken, und so öffnete ich die Tür und trat ein. Ich hörte ein Geräusch in der Diele und lief leise darauf zu und lugte am Türrahmen um die Ecke, und da stand sie vor dem halb blinden Spiegel, sie hatte sich eine Pelzstola um die Schultern gelegt und hielt eine Hand in Brusthöhe abgespreizt zur Seite, als läge sie auf dem Arm eines Herren, dem sie in den Spiegel hinein zulächelte. Ich ging vorsichtig rückwärts zur Tür zurück und öffnete diese laut und rief Mrs Burke und sie sagte just a minute, dann kam sie zur Küche herein und setzte sich an den Tisch und nippte an dem Glas und sagte, dass sie den Windhund in der Nacht auf sein Drängen hin hinausgelassen habe und dass er seitdem verschwunden sei. Sie sagte, dass ich den Jeep nehmen und das Farmgelände nach allen Richtungen hin absuchen solle, sie wandte sich wieder ihrem Essen zu und ich ging hinaus und setzte mich in den Wagen und fuhr zuerst den Schotterweg entlang und wieder zurück, und schließlich öffnete ich das Weidentor und fuhr auf die Weide und schloss es hinter mir und versuchte, in dem dichten Nebel die Scheune auszumachen, damit ich darauf zuhalten konnte, doch es dauerte einige Zeit, bis ihre Umrisse zu erahnen waren, und als ich endlich davor stand, erschien sie mir größer und dunkler, als ich sie in Erinnerung gehabt hatte. Der singende Klagelaut erfüllte wieder meinen Kopf, und Monti, der auf dem Beifahrersitz saß, sah mich aufmerksam an und winselte ein wenig; ich öffnete die Tür und ließ ihn hinausspringen und folgte ihm zum Scheunentor, das einen Spaltbreit offen stand. Monti schoss hinein, ich hörte ihn bellen und schob das Tor ein klein wenig weiter auf, so dass Licht ins Innere fallen konnte, und da lag der Windhund mit ausgestreckten Beinen und glasigen weit offenen Augen. Ich trat auf ihn zu und bückte mich und strich ihm über das kalte Fell; meine Lippen öffneten sich ganz ohne mein Zutun und der Laut wich heraus, er erfüllte die dunkle riesige Scheune, und Monti setzte sich auf seine Hinterbeine und hob den Kopf und jaulte heiser und dumpf in die Luft. Nach einer Weile ging ich nach draußen und riss ein wenig Efeu von einem Strauch und legte ihn auf den Hund, und dann befahl ich Monti, in den Jeep zu springen, ich wendete und fuhr zurück und klopfte an Mrs Burkes Küchentür, sie öffnete sofort und ich sagte Mrs Burke, your dog is dead. Ihr Blick flackerte kurz über mein Gesicht und verlor sich dann irgendwo in der Ferne; ich sagte Mrs Burke …, auch weil ich nicht wollte, dass der Laut wieder anfing, in meinem Kopf zu tönen, und ihr Blick kehrte zu mir zurück und richtete sich auf etwas neben mir und sie sagte, dass wir den Hund begraben müssten, ich solle eine Schaufel holen und sie setze sich schon einmal in meinen Wagen. Wir fuhren zur Scheune und ich führte sie dahin, wo der Hund lag; sie bückte sich ächzend über seinen Kopf und schob die Lefzen hoch, hinter denen noch der Schaum stand, schließlich richtete sie sich auf und sagte I have to get another one und trat ein paar Schritte zurück und bedeutete mir, ihr zu folgen. Draußen zeigte sie mir, wo ich ein Loch ausheben solle; sie setzte sich in den Jeep und wartete, bis ich fertig war, und dann gingen wir beide zu dem Hund zurück und zogen ihn an den Beinen zu dem Loch und ließen ihn hineinfallen und ich deckte mit der Schaufel Erde darüber. Auf dem Weg zurück zum Haus sah sie vor sich durch die Scheibe; es hatte wieder angefangen zu regnen, und Mrs Burke räusperte sich ein paar Mal, während die Scheibenwischer mit einem sanft surrenden Geräusch über die Scheiben glitten, doch sie sagte nichts, auch dann nicht, als ich sie vor ihrem Haus herausließ, sie schlug nur fest die Wagentür zu und lief eilig im strömenden Regen auf die Treppe zu.

Es wurde kalt, und aus dem Regen wurde Schnee. Tage- und nächtelang trieben dicke Schneeflocken über die Farm, bis der Wind nachließ und sie zu Boden kreiselten und dort liegenblieben, so dass ich die Pferde ohne ihre Decken hinausließ, wo sie sich sofort in den Schnee legten und darin wälzten und ungelenk mit den Beinen in der Luft strampelten, bevor sie wieder aufsprangen und in weiten Sprüngen davongaloppierten. Immer wieder schoben sich neue Wolken heran; ich sah hoch zum Himmel und ließ mich hineinziehen in den Wirbel der lautlos tanzenden Flocken, die in nicht enden wollender Fülle herabtaumelten und sich auf alles legten, was Ecken und Kanten hatte, und diese unter einer dicken weißen Decke verschwinden ließen. Eine große Ruhe lag über der Farm, die niemand störte; der Schneepflug räumte nur die Straße, die vom Ende des Schotterwegs an stadteinwärts führte, so dass die Wege zur Farm fast unpassierbar waren. Selbst Mrs Burke verzichtete auf ihre regelmäßigen Stadtfahrten und blieb im Haus; einmal sah ich, wie sie die Vordertür öffnete und den Korb des Hundes auf die Veranda stellte, und einmal meinte ich ihren Schatten hinter einem der Fenster der oberen Etage, die ich noch nie betreten hatte, zu erkennen. Wenn ich die Pferde am Morgen hinausließ, lief ich manchmal ein Stück mit ihnen zum Fluss hinunter, und einmal legte mich in der Nähe des Dungplatzes in den weichen Schnee und breitete die Arme aus und sah den Flocken beim Fallen zu, mein Körper wurde schwer und immer schwerer und drückte sich tief und tiefer in die weiße Masse, die Augen fielen mir zu, und wäre Monti nicht gekommen und hätte winselnd und bellend an mir gezerrt, bis ich verwirrt und taumelig wieder auf den Füßen stand, wäre ich liegen geblieben und hätte ruhig und friedlich geschlafen. Ich hätte geschlafen ohne den Traum, der mich seit kurzem quälte und aus dem ich oft schreiend erwachte; von Jims Vater, dessen aufgedunsenes Gesicht sich mit halb geöffneten Lippen langsam, wie in Zeitlupe, dem meinen näherte, während meine Hände wie Vögel herumflatterten auf der Suche nach einer Rute, die ich ihm über die Wangen ziehen könnte; ich roch seinen Atem und fühlte, wie seine großen Fäuste meine Hände packten und festhielten, ein Spucketröpfchen landete auf meinen Lippen, die ich fest zusammenpresste, dass ihnen jener Laut nicht entwiche, bis sie sich zu dem Schrei öffneten, von dem ich erwachte. Ich legte dann meine Decke zu Monti auf den Boden und dachte daran, wie Jims Vater nach unserer Heirat, die ihm sein Sohn mit monatelanger Verspätung mitgeteilt hatte, gekommen war und mich von allen Seiten betrachtet hatte und meine Haare hochgehoben und mit dem Finger über meinen Nacken gestrichen hatte; er sprach deutsch mit mir und sagte, dass ich schön sei, und sein Sohn stand daneben und verstand nicht, was der Vater sagte. Jims Kieferknochen mahlten, und ich sah, wie er seine Fäuste im Rücken ballte, und wenn in der folgenden Zeit einer der vielen deutsch geschriebenen Briefe eintraf, trug ich Sorge, ihn gut zu verstecken. Es kamen auch immer wieder Anrufe, zu Zeiten, wenn Jim in seinem Laden arbeitete, er sagte meine liebe Johanna zu mir und ich bin so glücklich, dass es dich gibt. Er sagte, dass er seinen Sohn beneide, und dann erzählte er mir von seiner Frau und dass seine Ehe nicht glücklich sei, nicht so glücklich wie sicherlich die meine, und er lachte leise, wenn er dies sagte. Er wollte immer wissen, was ich gerade tat und was ich anhatte, und ich sagte es ihm, damit er zu fragen aufhörte; manchmal hörte ich im Hintergrund seine Frau nach ihm rufen, und wenn ich dann sagte say hello to your wife, wurde seine Stimme kühl und er sagte I will, und dann legte er auf. Seine Frau war unpässlich gewesen, als er uns besuchen kam, ich kannte nur ein Foto, auf dem eine Frau mit traurigen Augen und grauen Locken abgebildet war, die ihre Hand auf ein Treppengeländer vor einem stattlichen Haus legte. Das Foto hatte Jim mir gezeigt, als wir auf dem Weg zum Standesbeamten waren; er hatte es, wie er sagte, aus einem Album gerissen, das ihm seine Mutter nachgeschickt hatte, damals, als er die high school beendete und ans college gegangen war. Er hielt es vor mich hin und nahm es dann gleich wieder weg und steckte es in seine Tasche, und als ich sagte, dass es so zerknittern würde, lachte er nur kurz und meinte oh well, who cares.

Und immer noch fiel Schnee. Die Pferde standen knietief darin auf der Weide, und ich schaufelte den Weg vom cottage zu den Stallungen und von dort zu Mrs Burkes Haus frei und kehrte ihre Treppe, und wenn ich damit fertig war, war schon wieder eine dünne Schicht weißer Flocken darauf gefallen. Es war, als würde es nie mehr aufhören zu schneien, als würde der Schnee mich und Mrs Burke und die Tiere und die Farm langsam und allmählich begraben und als erstickte er jede mögliche Geste des Widerstands von vornherein in seiner weißen gleichgültigen Pracht. Ich fütterte die Tiere und trieb sie hinaus und holte sie wieder herein und aß und schlief; meine Haare wuchsen lang und länger und fielen mir bis weit über die Schultern herab, und ich band sie im Nacken zusammen und bemerkte es kaum. Und als eines Tages die Sonne wieder am Himmel stand und der Schnee im klirrenden Frost grell glitzerte und ich die Hand vor die Augen legen musste, wenn ich den geschaufelten Pfad hinauf- oder hinunterlief, als sich die Welt still und ergeben in ihre gefrorene Starre fügte, glaubte ich, dass auch in mir nun nichts mehr in Bewegung geraten könnte und dass alles ewig so bliebe, wie es war.

Nach ein paar Tagen blies ein Wind vom Süden herauf durch die Bäume am Schotterweg, dass sie sich ächzend bogen; die Baumkrone über dem Dach des cottage schwankte hin und her, der Schnee taute und das Schmelzwasser sammelte sich in unzähligen Rinnsalen auf dem Boden. Eines Morgens hörte ich, wie ein Wagen vorfuhr und an Mrs Burkes Haus hielt und dann wieder davonfuhr, und das Geräusch klang so ungewöhnlich in meinen Ohren, dass ich im Ausmisten der Ställe innehielt und mich auf die Mistgabel lehnte und ihm nachlauschte und darüber nachsann, ob ihm eine Bedeutung zukäme oder nicht. Mrs Burke rief mich, Joanne, rief sie, was sie lange nicht mehr getan hatte, der Name klang merkwürdig fremd und doch vertraut und schien an etwas anzuknüpfen, was mir in der Zwischenzeit entfallen war und woran ich mich nur unter größter Anstrengung erinnern konnte, es kostete Kraft, die zähe Schwerfälligkeit, die in meinem Kopf nistete, zu überwinden, weil ich doch nur wollte, dass alles gleich bliebe, dass die dumpfe Vorahnung, die da plötzlich von mir Besitz ergriffen hatte, sich in nichts auflösen würde; meine Schritte waren zögernd und schwer, als ich zu ihrer Treppe hinauflief, sie stand dort oben und hatte einen schmalen länglichen Gegenstand unter dem Arm und reichte ihn mir, als ich bei ihr ankam, sie sagte, it's for you, it's from Germany, ich erkannte die Schrift meiner Mutter und sagte thank you und Mrs Burke sagte, dass ich den Jeep auftanken solle und dass ihr Hühnerfutter zur Neige gehe, und ich nahm das Päckchen und antwortete of course, Mrs Burke, und hielt es ein wenig von mir ab und drehte mich um und hörte die Tür hinter mir ins Schloss springen und lief in mühsamen kleinen

Schritten zu meiner Hütte hinunter. Ich hatte nicht vor, das Päckchen zu öffnen, ich wollte es nur an einem sicheren Ort verwahren, und als ich heftig atmend im Halbdunkel in meinem cottage stand, spürte ich es in meiner Hand. Es war glatt und kühl und an den Rändern etwas abgewetzt, es war nicht schwer und nicht länger als mein Unterarm und ich dachte, dass es ein Leichtes sein müsse, einen geeigneten Platz dafür zu finden, doch als ich das Licht anknipste und mich umsah, erschien mir mein Haus so klein und die wenigen Möbel so eng beieinander, dass kein Versteck dafür zu entdecken war. Ich hätte mir einen Keller gewünscht oder vielleicht noch einen Dachboden, einen dunklen, geschützten Ort mit Spinnweben und umherhuschenden Mäusen und dem Geruch nach Moder und Staub, ich hätte es dort in ein klobig gezimmertes Regal gestellt und wäre hinausgegangen und hätte eine dicke Tür hinter mir verriegelt. Doch das cottage bot keinen derartigen Raum; ich trat wieder hinaus und nahm das Päckchen mit hoch zu den Stallungen und legte es in die Kiste, in der ich das Huffett und die Schermaschine aufbewahrte, ich dachte, dass die Schrift meiner Mutter merkwürdig zittrig sei und dass sie die Adresse nicht richtig aufgeschrieben habe und dass sie die Einzige war, der ich meinen Aufenthaltsort mitgeteilt hatte, weil ich wusste, dass sie in ihrem Leben nie ein Flugzeug besteigen würde; ich schloss den Deckel der Kiste und ging hinaus zum Jeep und rief Monti und ließ ihn hineinspringen und fuhr langsam durch das Wasser, das in den Fahrrinnen stand, den Schotterweg hinunter. Manchmal warf einer der Bäume einen Schneerest ab, der mit einem dumpfen Laut auf dem Dach meines Jeeps aufkam, auch auf dem Boden lag stellenweise noch grauer, matschiger Schnee, doch die Straße, die zu Toms Laden und weiter in die Stadt führte, war freigeräumt und spiegelte matt den blaugrauen Himmel.

Tom war dabei, die Sonderangebote des Tages auf seine Schiefertafel zu schreiben, er schob sich die Mütze ein wenig weiter in den Nacken, als er mich sah, und sagte how's the world treating you today und ich sagte allright und trat ein. Ich kaufte genügend Vorräte für ein bis zwei Wochen und wartete an der Kasse, bis Tom hereinkam und sich auf seinen Stuhl setzte; how is everything going on the farm out there, fragte er und ich antwortete okay, I guess und bat ihn, das Hühnerfutter in den Jeep zu stellen; dann ging ich hinaus und schraubte den Tank auf und führte den Zapfhahn ein und sah die Straße hinauf und hinunter; als der Tank voll war, rief ich Tom die Summe zu, die er anschreiben solle, und setzte mich wieder in den Wagen, und diesmal war ich sicher, dass der braune Toyota, der die Straße Richtung Farm hinausfuhr, einen eingedrückten Kotflügel hatte, und dass es Jim war, der am Steuer saß.

Ich startete den Motor und bog in die Landstraße ein und folgte ihm in einem Abstand von ungefähr einer halben Meile; sollte er in den Rückspiegel sehen, wäre da nur ein Jeep, der mit derselben Geschwindigkeit fuhr wie er, nichts Ungewöhnliches in dieser Gegend, wo alle, die auf Farmen lebten, einen Geländewagen hatten. Wir passierten das Schild, das Mrs Burkes Besitz auswies, und folgten der Straße, die sich auf die Blue Ridge Mountains zuschlängelte, ich hatte meine feuchten Hände fest um das Lenkrad gelegt und verengte meine Augen zu Schlitzen und starrte auf das kleine braune Auto vor mir, und wenn es hinter einer Biegung verschwand, beschleunigte ich, bis ich es wieder vor mir hatte. Der Wind jagte graue und schwarze Wolken über den Himmel und peitschte die Baumspitzen, dass sie sich krümmten, die Gräben rechts und links der Straße waren voller Schmelzwasser, auf dem abgebrochene Zweige trieben, und gelegentlich flog ein dicker dunkler Vogel dicht neben meinem Wagen her. Wir kamen an den Farmen mit den weiß gestrichenen Zäunen vorbei und ich sah einen Schwarzen, der ein Weidentor ausbesserte, und als wir die kleine Ansiedlung erreichten, in deren Nähe Mrs Burkes Turnier stattgefunden hatte, setzte Jim den rechten Blinker und bog von der Landstraße ab und fuhr einen steilen Berg hinauf und verschwand um eine Biegung. Mein Herz klopfte zum Zerspringen, als ich ihm folgte, ich sagte Monti, what am I going to do next, und als ich aus der Kurve herausfuhr, war da ein niedriger Holzbau und ein großes Schild davor, auf dem Toyota Garage stand, Jim hatte seinen Wagen dort geparkt und stieg gerade aus und ich fuhr weiter und sah im Rückspiegel, wie ein Mann auf ihn zutrat und sich die Schildmütze in den Nacken schob und wie Jim auf den rechten Kotflügel wies. Ich legte Monti meine schweißnasse Hand auf den Kopf und fuhr geradeaus weiter und bog, als ich die Ausläufer der Blue Ridge erreichte, in einen Waldweg ein und schaltete den Motor ab und ließ das Fenster herunter und hielt meinen Kopf in den Wind. Es dauerte eine Weile, bis ich nicht mehr schwer atmete und nicht mehr erschrak, wenn ein Schneerest auf dem Dach des Wagens landete; ich sah auf die Uhr und dachte, dass ich nach zehn Minuten wenden und zurückfahren könne, ohne Aufmerksamkeit zu erregen, und als ich dann wieder an der Werkstatt vorbeikam, stand Jim mit dem Rücken zu mir und hielt in der einen Hand eine Zigarette und in der anderen eine Coladose und sah dem Mechaniker bei der Arbeit zu. Ich sagte Monti, let's go home und fuhr zur Farm zurück und lud die Vorräte aus und verstaute sie; schließlich ging ich in mein cottage und öffnete eine Dose mit gebackenen Bohnen, und dann kam die Dämmerung und ich ließ die Pferde in den Stall, und als sie gefüttert waren und ich zum cottage zurückging, hob der Wind kurz meine Haare und strich über mein Gesicht und ich sagte Monti, you know, this is only the beginning.

Um Jim weiterhin verfolgen zu können, musste ich wissen, ob er noch in der Wohnung lebte, aus der ich geflohen war. Sie lag ungefähr zehn Minuten von der Universität entfernt in einem Viertel, das fast ausschließlich von Studenten bewohnt war, kleine billige Häuschen standen da mit Holzveranden, von denen die Farbe abblätterte, es gab backyards, in denen struppiges Gras wuchs, das das ganze Jahr über gelblich war, aber wo man abends mit Freunden sitzen und etwas trinken und dem Heranrattern des Zuges lauschen konnte, das sich im Stundentakt wiederholte. Wenn der Zug ganz in der

Nähe vorbeidonnerte und man in die erleuchteten Abteile sehen und für Bruchteile von Sekunden ein paar Gesichter ausmachen konnte, eine Familie, die an einem kleinen Tisch Karten spielte oder ein Liebespaar oder einen Geschäftsmann mit seinem Aktenkoffer auf den Knien, dann konnte man denken, dass die Welt weit sei und voller Möglichkeiten und dass es irgendwo anders immer besser wäre als da, wo man war. Oder man konnte denken, dass die Welt woanders deswegen gut war, weil sie es da, wo man sich befand, ebenfalls war, und es gab eine Zeit, in der ich das tatsächlich glaubte: Nachdem Jim und ich geheiratet hatten und in das Häuschen gezogen waren, lud er öfter andere Studenten aus seinem Semester ein, um Shakespeare mit ihnen zu lesen, und ich saß dabei und hörte zu und stand hin und wieder auf, um ein paar Flaschen Bier aus dem Kühlschrank zu holen, und freute mich, wenn ich das Rattern des Zugs in der Ferne wahrnahm. Ich war froh, nicht mehr zuhören zu müssen, wie Yokos Füllfederhalter über das Papier glitt, ich hatte ein Zuhause und hielt es sauber und kochte und stellte Blumen auf den Tisch, und ein paar Wochen oder Monate lang sagte Jim nichts, was mir Angst machte, wir liefen Hand in Hand über den Campus und besuchten unsere Vorlesungen und gingen abends ins Kino, und danach legte Jim seinen Arm um mich und wir schlenderten nach Hause zurück. Meiner Mutter schrieb ich, dass ich den Mann meines Lebens getroffen und geheiratet habe und dass es mir gut gehe und dass ich in den Staaten bleiben wolle und sie uns ja besuchen könne, wann immer sie wolle; ich wusste, dass diese Aussagen genügen würden, sie in Sicherheit zu wiegen, sie würde sich nun gänzlich jeder Verantwortung für mein Leben enthoben fühlen und um ihre eigenen Belange kümmern können, und ich war mir sicher, dass es das war, was sie wollte.

Nach ein paar Monaten kamen Rechnungen, die Jim auf dem Küchentisch liegen ließ und immer zur Seite schob, wenn ich ihm seinen Teller hinstellte; es waren Strom- und Wasserrechnungen und eine Mahnung, die die Abzahlung einer student loan betraf, auch mit der Miete waren wir im Rückstand, und als ich ihn einmal fragte, warum er die Rechnungen nicht bezahle, antwortete er nur barsch that's none of your business und faltete sie und steckte sie in ihre Umschläge zurück. Eines Abends sagte er, dass er mit mir ausgehen wolle, und wir gingen Arm in Arm die Straße Richtung Campus hinauf und an den vielen kleinen Häuschen vorbei, in denen die Studenten wohnten, es war schon dämmrig und bei manchen waren die Vorhänge zugezogen, bei anderen hingegen nicht und man konnte sehen, wie sie sich drinnen bewegten oder im Schein einer Lampe saßen und lasen, in einem Haus lief eine Frau von einem Zimmer ins andere, sie war in ein Badetuch gewickelt, und Jim sagte, dass ich mir das ansehen solle, sie wären doch selber schuld und dabei täten sie hinterher immer, als wären sie hilflose Opfer. Ich dachte an das, was mir die Studentin in Chicago erzählt hatte, und daran, dass Jim nie wollte, dass ich mich im Bikini in unseren backyard legte, ich schmiegte mich an ihn und war froh, dass ich unter männlichem Schutz stand und nichts zu befürchten hatte; wir gingen weiter, es wurde dunkler, und wenn uns hin und wieder eine Studentin mit Büchern unter dem Arm entgegenkam, fragte Jim, wofür es denn einen escort service gebe, keine Frau brauche in Amerika nach Einbruch der Dunkelheit allein auf der Straße zu sein, sie würden einen direkt von der Universität bis dahin fahren, wo man wohne, und beleuchteten mit den Scheinwerfern das Haus, bis man sicher die Tür hinter sich abgeschlossen habe. Wir ließen den Campus links liegen und bogen in die Straße ein, die das Universitätsviertel mit dem Rest der Stadt verband; es gab hier ein paar Geschäfte, die noch offen hatten, den student book store und einen Laden, in dem man die khakifarbenen Hosen und die Mokassins kaufen konnte, die bei den Studenten in Mode waren, auch der drugstore war noch hell erleuchtet, und aus den Autos, die vorüberfuhren, drang laute rockige Musik. Als wir die Bar betraten, umfing uns blaugrünes Halbdunkel, überall standen Aquarien, durch die pfeilschnell kleine glitzernde Fische huschten, wir setzen uns an einen Tisch und sahen durch eine dicke Scheibe ihren ruckartigen Wendungen zu und hörten das leise Summen der Pumpe, und dann fragte Jim, wie ich an das Stipendium gekommen sei, das meinen Aufenthalt in den Staaten bezahle. Ich sagte, meine Mutter habe mir ein Studium im Ausland nicht finanzieren können, und daher hätte ich mich um alles beworben, was an Stipendien angeboten worden wäre, vier insgesamt seien es gewesen, und ich hätte sie alle bekommen, so dass ich mir das hätte aussuchen können, was mir am günstigsten erschienen wäre. Jim starrte mich an, während ich erzählte, er schluckte mehrmals, und als der Kellner kam, sagte er, dass die Dame an seiner Seite ein großes Menü bestellen wolle und dass er die Speisekarte bringen solle, und als sie der Kellner auf den Tisch legte, nahm er sie selbst und schlug sie auf und bestellte eine Vorspeise und einen Hauptgang und eine Nachspeise und für sich eine Suppe und ein Bier. Ich aß, was der Kellner brachte, und immer wieder fragte Jim, ob mir das Essen schmecke, und ich nickte. Die meisten der anderen Tische waren besetzt, gedämpftes Geplauder erfüllte den Raum, auf jedem Tisch stand eine Kerze, die flackernd brannte, und Jim sah auf die Fische und dann auf meinen Teller, und als ich fertiggegessen hatte, nahm er einen Zwanzigdollarschein und einen Zehndollarschein aus seinem Geldbeutel und legte sie auf den Tisch. Als der Kellner kam und ihm das Restgeld herausgeben wollte, winkte er ab und sagte buy yourself a drink und es klang, als wäre er derjenige, der stand, und der Kellner derjenige, der saß, und dann reichte er mir seinen Arm und geleitete mich zur Tür hinaus, und als wir draußen waren, ließ er seinen Arm sinken und lief schweigend neben mir her. Am Ende der Straße schob er mich in die Richtung, in der sich der Campus befand, wir gingen einen spärlich beleuchteten Weg entlang und zwischen zwei flachen Gebäuden hindurch, in denen tagsüber Vorlesungen abgehalten wurden und die jetzt stumm in der Dunkelheit lagen, und als wir das Gelände erreichten, das sich zwischen Bibliothek und Rotunda den Hang hinaufzog und von Säulengängen flankiert war, hinter denen man die Häuser der Professoren ahnen konnte, sagte Jim, dass wir nun beginnen müssten, uns Holzvorräte für den Winter anzulegen, und als ich nicht verstand, sagte er you know nothing about the business of real life. Er stieß mich unsanft hinter die Kolonnaden, die von altertümlich aussehenden Laternen schwach ausgeleuchtet waren, und wies mich flüsternd auf die sauber aufgeschichteten Brennholzstapel hin, die die Hausmauern säumten, und sagte, dass wir nun regelmäßig abends hier entlanggehen und jedes Mal ein paar Scheite mitnehmen würden, er ließ auch gleich eines unter seinem Pullover verschwinden, und als ich zurückflüsterte but what about the honor code, schließlich hatten wir mit der Universität eine Vereinbarung getroffen, die jeglichen Diebstahl streng untersagte, lachte er nur rau und sagte come on, hurry up, und ich griff auf einen Stapel und zog ein Scheit herunter und stopfte es unter meine Jacke und folgte ihm nach. Er begann, leise vor sich hinzupfeifen, und als sich weiter vorn eine Haustür öffnete und Stimmen zu hören waren, legte er seinen Arm um mich und wir gingen eng umschlungen an den Herauskommenden vorbei, ich wandte den Kopf ab, als ich einen meiner Lehrer erkannte, doch Jim sagte hi, how are you doing und pfiff weiter, ich kannte die Melodie, es war der Piano Man, und als wir das Ende des Säulengangs erreicht hatten, wechselten wir über die lawn, die mondbeschienen dalag, auf die andere Seite hinüber zu den anderen Kolonnaden und steckten uns auch dort ein Scheit unter die Kleidung und gingen schließlich zur Straße zurück. Wir legten die Scheite an die Mauer unseres Hauses, im Lauf des Sommers wurde ein Stapel daraus, und als wir im Winter das erste Mal unseren Kamin anschürten, strich Jim über das Holz und sagte, dass es vom Feinsten sei, lang abgelagert und mit hohem Brennwert, und als es im Feuer prasselte und knackte, zog er mich auf den Boden und flüsterte mir ins Ohr I've always wanted to make love in front of a fireplace, und als ich nackt auf dem Boden lag, war die eine Hälfte meines Körpers warm und die andere kalt.

Abends in meinem cottage zog ich die Vorhänge zu und setzte mich auf den Stuhl und dachte, dass ich mich verkleiden müsse, um Jim überallhin folgen zu können, ich stellte mir vor, wie ich unerkannt in seiner Nähe aus dem Wagen stieg und ganz dicht an ihn heranging, so dicht, dass ich seinen Geruch riechen könnte, ich würde auf seinen Hals starren, bis er den Hemdkragen hochziehen würde, als hätte jemand die Pickel erspäht, die dort knapp unter dem Kragenansatz wuchsen. Ich ging ins Schlafzimmer und trat vor den Spiegel und nahm die Decke herunter, mit der ich ihn zugehängt hatte, und schüttelte meine Haare, bis sie mir wirr ins Gesicht hingen; die Person, die mir aus dem Glas entgegenblickte, löste keine Regung in mir aus, vielleicht ginge es Jim ja genauso, trotzdem beschloss ich, dass eine Sonnenbrille vonnöten sei und vielleicht ein langer Mantel und dass ich in Mrs Burkes Haus nachsehen würde, ob sich dort etwas Derartiges finden ließe. Ich hängte den Spiegel wieder zu und hörte plötzlich draußen Tritte und lautes Poltern, und diesmal rannte ich zum Lichtschalter und knipste das Außenlicht an und die Innenbeleuchtung aus und zog die Vorhänge auf und presste mein Gesicht an die Scheibe und sah, wie ein Opossum in hastigen Sprüngen davonsetzte, als hätte ich es gestört, und ich dachte daran, dass draußen Montis Napf stand und sicher noch Futterreste darin wären und das Tier sich daran gütlich getan hätte. Jim fiel mir ein, wie er mit einem großen scharfen Küchenmesser auf dem Schoß mitten in der Nacht in unserer Küche gesessen hatte, bleich im Gesicht, und mich angewiesen hatte, mir auch eines aus der Schublade zu holen, er habe Schritte draußen gehört, ganz nah am Haus, und ich erinnerte mich, dass ich gedacht hatte, jemand wolle nun die Scheite zurückholen und käme vielleicht jede Nacht, bis der Stapel abgetragen wäre, doch ich hatte nichts gesagt und Wache mit ihm gehalten, und einmal hatte ich flüsternde Stimmen gehört, und da hatte auch mich die Angst gepackt. Und später, viel später hatte es noch eine solche Nacht gegeben, in einem Zelt diesmal, hoch oben in den Blue Ridge Mountains auf dem Appalachian Trail, den wir seit zehn Tagen, meilenweit von Menschen und Häusern entfernt, entlanggewandert waren, ein Bär war um unser Zelt gestolpert und wir hatten unsere Kochtöpfe verkehrt herum auf den Boden gestellt und mit Löffeln darauf geschlagen und die ganze Nacht get out of here geschrien, das heißt Jim hatte geschrien und ich war immer wieder eingenickt, weil mich die Ärzte bei student health auf Librium gesetzt hatten; Jim hatte mich an der Schulter gerüttelt und mir ins Ohr geschrien und ich hatte weiter mit den Löffeln auf die Töpfe geschlagen, bis die Morgendämmerung kam und es draußen still wurde und wir vorsichtig zum Zelt hinauslugten und sahen, dass der Bär verschwunden war. Ich sei kein verlässlicher Partner und habe ihn im Stich gelassen, you are not a reliable partner, sagte Jim, und dann sprach er den ganzen Tag kein Wort mehr mit mir, nur am folgenden Abend im Zelt, als die Dunkelheit hereinbrach, nahm er meine Hand und rückte nahe an mich heran und fragte, ob ich glaubte, dass der Bär wiederkäme, und ich schluckte meine Kapseln und sagte no, it won't, und er rückte noch näher an mich heran und packte meine Hand noch fester, und dann schlief er ein. Ich spürte, wie die Kapseln zu wirken begannen und wie ich ruhig und gleichgültig wurde und an nichts mehr dachte und wie der Druck, der mir immer dann den Brustkorb zusammenschnürte, wenn ich mich hinlegen und ausruhen wollte, langsam nachließ und ich schwer und schwerer wurde und in den Schlaf hineinglitt; ich hörte noch, dass Jim etwas murmelte, doch es kam von weit her und berührte mich nicht mehr.

Ich knipste das Licht nicht an und setzte mich wieder auf den Stuhl und begann, mich hin und her zu wiegen, als der Laut sich in meinem Innern formte und aufstieg und mir den Kopf erfüllte und ich die Lippen öffnete, um ihn herauszulassen; das Atmen wollte nicht recht gelingen, weil meine Rippen wie von eiserner Hand zusammengepresst wurden, ein Gesicht, erst flach wie eine Scheibe und dann immer deutlicher, kam näher und näher, und ich hatte keine Kapseln, die ich nehmen konnte, um es nicht sehen zu müssen; es war der Arzt, der sich über mich beugte und etwas Kaltes, Stählernes in mich einführte, es gab einen scharfen Schmerz und ein schmatzendes Geräusch und schließlich weiche Windeln zwischen den Beinen und wieder das Gesicht, das etwas zu mir sagte; eine Hand führte mich zur Tür und zu Jim, der draußen stand und zufrieden nickte, er brachte mich nach Hause und half mir, mich hinzulegen, und als ich zu schreien begann, ging er weg und kam mit den Kapseln zurück. Er gab mir zwei und sagte you'll feel better in no time und setzte sich an mein Bett und wartete, bis sie wirkten, und als ich erwachte, half er mir beim Aufstehen und brachte mich zum Badezimmer; als ich drinnen auf der Schüssel saß und das Blut aus mir herauslief, begann ich zu weinen, ich weinte tagelang und nächtelang und konnte nicht mehr aufhören zu weinen, Jim konnte es nicht ertragen und schrie mich an, dass ich noch mehr von den Kapseln nehmen solle, und schließlich verließ er das Haus früh am Morgen und kam erst spät am Abend zurück. Ich weinte, bis ich keine Tränen mehr hatte, dann stand ich am Morgen auf wie früher und zog mich an und ging in die Kurse und Vorlesungen, ich sah den anderen Studenten nicht ins Gesicht, nur einmal kam mein Tutor auf mich zu und fragte, ob alles in Ordnung sei, und ich sagte everything is just fine und wandte mich ein wenig ab, weil ich mich räuspern musste, und da bemerkte ich, wie Jim ganz in der Nähe bei einer der Säulen stand und mich beobachtete, er trat plötzlich schnellen Schritts auf mich zu und legte den Arm um mich und sagte nice meeting you zu meinem Tutor und zog mich davon. Er wollte wissen, was ich erzählt habe, und meinte, dass der Tutor sich für sehr gut aussehend halte und den Job als Berater ausländischer Studenten sicherlich nur deswegen habe, um sich an sie heranzumachen, ich solle ihn in Zukunft meiden und mich mit allem an ihn, Jim, wenden; wir gingen über die lawn, der Himmel war blau und die Gebäude und die Kolonnaden glänzten weiß und die Studenten schlenderten in Grüppchen über den Rasen, es sah alles so einfach aus und sauber und ordentlich und so, als wäre alles an dem Platz, an den es gehörte, nur ich passte nicht dazu, meine Schritte waren zu lang und meine Bluse zu verschwitzt und ich dachte, wenn ich weiterliefe und weiter und die Gebäude des Campus auseinanderwichen und mich hindurchließen, käme vielleicht irgendwo ein freies Feld mit ein paar Bäumen darauf und ich könnte mich auf die Erde legen und in den Himmel schauen; vielleicht fände ich dann in mir etwas, das mir sagen würde, wie es weitergehen könnte.

Monti kam und schob seinen Kopf unter meine Hand und ließ sich auf die Hinterbeine nieder und wedelte ganz sacht mit seinem Schwanzstummel über den Holzboden; das regelmäßige Hin und Her drang ganz allmählich in mein Bewusstsein und ließ mein klagendes Weinen leiser werden und schließlich verebben und ich sagte Monti, time to go to bed und holte mir eine Decke vom Sofa und streckte mich neben ihm auf dem Boden aus und schloss die Augen. Ich träumte von einem länglichen viereckigen Korken, der auf einem wilden Fluss trieb und immer wieder unter der Wasseroberfläche verschwand und unvermutet flussabwärts aus dem Wasser heraussprang und wieder von der Stromschnelle mitgerissen wurde und wieder verschwand und wieder heraussprang; ich rannte auf einem schmalen Pfad den Fluss entlang und bückte mich im Rennen und klaubte schwere Steine vom Boden auf und warf sie dorthin, wo ich den Korken vermutete, sie kamen laut platschend auf dem Wasser auf und sanken hinab, und immer, wenn ich dachte, ich hätte den Korken versenkt und er läge nun für immer auf dem Grund des Flusses, tauchte er an anderer Stelle fröhlich wieder auf. Meine Arme begannen zu erlahmen und zu schmerzen, der Boden wurde steiniger, bis der Pfad schließlich voller großer runder Kiesel lag, die so schwer waren, dass ich sie nur unter größter Anstrengung emporheben und in Ufernähe ins Wasser gleiten lassen konnte, wo sie gleich auf den Grund sackten. Die Steine wuchsen und wuchsen und waren schließlich so groß wie Felsbrocken; ihre Oberfläche war glitschig durch die Gischt des strudelnden Wassers, aus dem ich hier und dort den Korken hervorschießen sah, in immer größerer Entfernung allerdings, und immer mehr erschien es ein schier endloses Bemühen, einen Felsen hinauf- und an der anderen Seite hinunterzuklettern und dann einen kleineren Stein aufzuheben und aufs Wasser zu werfen, das den Korken unbeirrt und wie zum Hohn mit ständig größer werdender Geschwindigkeit mit sich fortriss. Ich glitt auf einem der Felsbrocken aus und blieb darauf liegen und sah, wie der Korken an einer Biegung des Flusses aus dem Wasser schnellte und wieder in die Fluten hinabtauchte, und öffnete die Augen weit, als wäre es das letzte Mal, dass ich einen Blick darauf erhaschen könnte; ich blinzelte in das Halbdunkel des Zimmers und erkannte Monti, der schwer über meinem rechten Arm lag.

Ich schob ihn beiseite und sah durch die Vorhänge in das Grau der Morgendämmerung hinaus und dachte, dass ich nachschauen müsste, ob das Päckchen sich noch bei dem Huffett und der Schermaschine in der Kiste befände; ich war mit einem Mal beunruhigt von der Vorstellung, jemand könnte es herausgenommen und aufgemacht haben und hätte seinen Inhalt vielleicht auf der Farm verstreut, ich stellte mir wegen des leichten Gewichts Briefe vor oder Bilder, die der Wind in die Zweige der Bäume trug und immer dann, wenn ich emporkletterte und meine Hand danach ausstreckte, mit einem kräftigen Stoß in die Luft wirbelte und in eine andere Baumspitze hinabgleiten ließ. Ich erhob mich mühsam und öffnete die Haustür und ging zum Stall hinauf; die Pferde lagen noch und hoben nur den Kopf und sahen mich an, als ich die Stallgasse entlang und in die Sattelkammer lief, die kleine graue Katze hatte sich auf einer Pferdedecke zusammengerollt, die Kiste stand in der Ecke und der Deckel war fest geschlossen und ich öffnete ihn und fand alles noch an dem Platz, an dem ich es verwahrt hatte. Ich nahm das Päckchen heraus und wog es in den Händen; es war wirklich sehr leicht, so als könnten Federn darin sein oder einfach nur Luft, vielleicht hatte meine Mutter vergessen, das hineinzutun, was sie ursprünglich beabsichtigt hatte, sie war schon alt und möglicherweise ein wenig verwirrt oder einfach nur in Gedanken nicht bei dem, was sie gerade tat, sie dachte immer an etwas anderes als an das, was im jeweiligen Augenblick anstand, und sah dann an einem vorbei, als gehöre man nicht dazu. Ich nahm einen Hufkratzer und bohrte ihn an der Stelle, an der mein Vorname stand, in den Karton hinein und drehte ihn ein paar Mal hin und her, bis ich das Loch soweit vergrößert hatte, dass ich hineinsehen konnte; in dem winzigen Ausschnitt des Lochs sah ich die leicht körnige Oberfläche eines Fotos, ein bisschen Grau und ein bisschen Schwarz, und ich dachte, dass es ein sehr altes Foto sein müsse, aus meiner Kindheit vielleicht oder von noch früher; ich schüttelte das Päckchen, zart erst und dann heftig, um durch den Klang hin- und hergleitender Fotos herauszufinden, ob es viele waren, die sich darin befanden, oder nur ein paar einzelne, doch ich hörte nichts; sie mussten dicht an dicht aufeinanderliegen, ordentlich geschichtet oder ungeduldig hineingepresst. Ich setzte mich auf die Kiste und hielt das Päckchen in der Hand und hörte, wie eins der Pferde schwerfällig aufstand und sich schüttelte, und dachte, dass ich einen Stein finden müsste, der schwer genug wäre, den Korken auf dem Grund des Flusses zu halten; der Windhund fiel mir ein und wie wir ihn begraben hatten und dass sein Fleisch sich sicher schon von den Knochen gelöst hatte und zerfallen war und dass ich einfach ein Loch ausheben und das Päckchen darin versenken und mit Erde beschweren müsste, und so ging ich in den Schuppen und holte einen Spaten und lief zum Dungplatz hinaus. Die graue Katze strich um meine Beine, und wenn Monti in ihre Nähe kam, fauchte sie und hob eine Pfote und spreizte die Krallen; die Wolken hingen grau vom Himmel herab, immer noch war die Erde matschig von dem tauenden Schnee, und ich fürchtete, dass sie in größerer Tiefe noch gefroren sein könnte und ich kein großes Loch würde ausheben können, doch als ich den Spaten am Dungplatz in die Erde stieß, glitt er leicht und ohne Schwierigkeiten hinein. Ich hob ein wenig Erde aus und schichtete sie neben mir auf und stieß den Spaten wieder in den matschigen Grund und schichtete das, was ich aushob, sorgfältig auf den Haufen, meine Bewegungen wurden rhythmisch und schwungvoll und bald hatte ich ein Loch vor mir, das etwa einen halben Meter tief war und in dem ich das Päckchen versenkte. Monti schnüffelte in das Loch hinein und sah mich fragend an, als ich die Erde hineinwarf und schließlich festtrat und noch ein paar Steine zusammenklaubte und darauflegte; als ich mich abwandte und Richtung cottage ging, blieb er zurück, ohne dass ich es merkte, und als ich ihn dann doch nicht mehr neben mir fühlte und mich umsah, war er dabei, mit den Zähnen die Steine aufzuheben und zur Seite zu tragen und mit den Vorderpfoten das Loch wieder aufzugraben, als wäre dies ein Spiel, das ihm großes Vergnügen bereitete; seine Bewegungen waren so rhythmisch wie vorher die meinen, sein Schwanzstummel ging heftig hin und her, und die Erdklümpchen, die er aufscharrte, fielen hinter ihm auf den Boden nieder wie die Wassertropfen eines Springbrunnens. Ich rief Monti, Monti, come here! und er sah kurz auf, mit seinem aufgerissenen Maul wirkte es, als lächelte er, doch er fuhr unbeirrt mit dem Graben fort, scharrte vielleicht sogar noch schneller und heftiger, als hätte er meinen Ruf als Anfeuerung verstanden; ich rief noch einmal, lauter diesmal und mit einer Stimme, die ich nicht kannte, weil sie drohend und dunkel klang und von den Bergen widerzuhallen schien, und als er immer noch nicht innehielt, ging ich langsam den Weg zurück. Von einem der Büsche brach ich einen dicken Zweig ab und strich im Laufen die Seitenästchen herunter und ließ ihn dann einmal kurz durch die Luft surren, bevor ich ihn auf Montis Rücken niedersausen ließ; Monti zuckte zusammen und duckte sich und ich sah, dass das Loch, das er freigeschaufelt hatte, schon sehr groß war und dass binnen kurzem das Päckchen zum Vorschein kommen müsste, und ich holte aus und schlug ihn mit aller Macht auf den Rücken, auch den Kopf sparte ich nicht aus, ich schlug und schlug, bis er schließlich dalag und sich nicht mehr rührte. Mein Arm tat mir weh und ich ließ ihn sinken und sah auf Monti herab; über sein weißes Fell zogen sich Striemen, sein Kopf lag zwischen seinen Vorderbeinen, und er hatte die Augen geschlossen, als schliefe er; auf seiner Stirn waren Falten und eine große dicke aufgeplatzte Strieme lief quer darüber, und ich erinnerte mich plötzlich, wie er seinen Kopf immer unter meine Hand geschoben hatte, ich ging in die Knie und sank auf den Boden und legte meinen Kopf neben den seinen und begann zu weinen. Nach einer Weile rührte er sich ein wenig und rückte näher an mich heran und leckte mit seiner Zunge über mein Gesicht; ich sagte Monti, forgive me und streichelte ganz zart über seinen Rücken, bis sich sein Schwanzstummel langsam zu bewegen begann, und als ich ihn fragte, ob er aufstehen könne, erhob er sich zögernd und taumelte ein wenig und drückte sich dabei an mich, und immer noch wedelte er sachte mit dem Schwanz. Ich sagte hold on a minute und beugte mich über das Loch und scharrte mit den Händen die restliche Erde zur Seite und nahm das Päckchen heraus; dann legte ich meine Hand auf Montis Kopf und er humpelte neben mir zum cottage zurück. Ich holte eine Pferdedecke aus der Sattelkammer und baute ihm daraus in meinem Zimmer ein Lager und brachte ihm Fressen und Wasser und gab vorsichtig blue spray auf die Striemen; es war jetzt ganz hell geworden, die Wolken sahen aus, als stünde die Sonne ganz dicht dahinter und als wäre es nur eine Frage der Zeit, bis sie die Kraft aufbrächte hindurchzuscheinen, die Pferde warteten im Stall auf ihr Futter, es gab viel, was getan werden musste, auch das Päckchen wäre zu öffnen, wenn nicht an diesem Tag, dann an einem der nächsten. Ich nahm einen Lappen und reinigte es und legte es auf den Tisch und sah noch einmal nach Monti; ich sagte I'll never forgive myself und er wedelte mit dem Schwanz und legte sich dann mit einem Seufzer auf die Seite, und als ich hinausging, drückte ich die Tür extra leise ins Schloss.

Im Stall schüttete ich den Pferden Kraftfutter in die Tröge und holte für jedes einen Arm voll gepressten Heus, das ich in den Boxen in einer Ecke zu einem großen Haufen auflockerte; ich blieb bei einem stämmigen Braunen stehen und atmete den Geruch nach Pferd und

Heu und Mist ein und sah ihm zu, wie seine langen Zähne ruhig und gleichmäßig das Futter zermalmten und der Schweif hin und wieder nach einer Fliege schlug. Ich lehnte mich an die Wand der Box und schloss die Augen und dachte an Monti und faltete die Hände, ich kam mir ganz klein und schmal vor neben dem großen Pferd und so, als bräuchte ich seinen Schutz und seine Wärme dringender als irgendetwas sonst und als müsste ich nur hier stehen bleiben und die Augen wieder öffnen und es ansehen, und dann käme alles andere in Ordnung. Doch ich hörte Schritte, die näher kamen, Mrs Burke lief die Stallgasse entlang und rief ungeduldig meinen Namen, ich trat aus der Box heraus und sagte here I am, Mrs Burke, ich merkte, dass meine Stimme anders klang als sonst und dass Mrs Burke kurz zu mir hersah, ehe sie sich zum Gehen wandte, sie fahre in die Stadt, sagte sie, und habe es eilig, und ich solle auf dem Parcoursplatz wieder mit dem Reiten beginnen, sie komme erst am Nachmittag zurück. Dann ging sie zu ihrem Wagen und ließ den Motor an und ich hörte, wie das Wasser unter ihren Reifen spritzte und das Geräusch des Motors langsam leiser wurde; ich lief den Weg zu ihrem Haus hinauf und stieg die Treppe empor und öffnete die Tür und durchquerte die Küche und die Diele mit dem halb blinden Spiegel, von der eine steinerne Treppe in das erste Stockwerk führte, und diese stieg ich langsam hinauf. Sie endete in einer weiteren Diele, die heller war als die untere und an deren Wänden Bilder hingen, Fotografien von Menschen, die ich nicht kannte, ein rötlich gelockter Mann war öfter zu sehen und eine junge Frau, die

Mrs Burkes schmalen Mund hatte und ebenfalls rote Locken und die ihre Hand grazil in die Hüfte stützte und ihr Kinn auf die Brust drückte und den Betrachter von unten herauf ansah mit einem sehr kühlen, sehr vornehmen Blick. Ich trat auf das Bild zu und dachte, dass dies Mrs Burkes Tochter sein müsse; auf einem anderen Bild hielt sie in eleganter Abendrobe eine Rose in der Hand und lächelte seltsam vor sich hin, so als wäre sie in Gedanken woanders, sie hatte ein Bein schräg vor das andere gestellt, es sah aus, als drehe sie die Spitze ihres Schuhs hin und her und drücke dabei etwas in den Boden hinein. Ich dachte, dass sie vielleicht ebenso weit von ihrer Mutter entfernt lebte wie ich von der meinen, vielleicht hielt sie sich in Europa auf, möglicherweise gar in Deutschland, einen kurzen Augenblick stellte ich sie mir in der Stadt vor, in der ich gewohnt hatte, ich sah sie die Straßen entlanggehen, die ich kannte; ich wurde ganz aufgeregt bei diesem Gedanken, doch ich rief mich sofort zur Ordnung und trat einen Schritt zurück und musterte sie noch einmal, die Eleganz ihrer Haltung und den Blick, der etwas einzufordern schien; da war nichts, was sie und ich gemeinsam hatten, abgesehen von der Größe vielleicht und dem Alter, und als ich das dachte, fiel mir wieder ein, warum ich hier war und dass möglicherweise das eine oder andere ihrer Kleidungsstücke sich noch hier befände und ich mich damit verkleiden könnte. Ich öffnete die erste Tür zu meiner Rechten und hatte ein großes, helles Zimmer vor mir mit bauschigen Vorhängen und einem schmalen Bett, auf dem ein Teddybär saß; ein Schminktisch mit einem goldeingefassten

Spiegel war unter das Fenster gerückt, ein niedriger Hocker stand davor, auf dem ich mich niederließ, ich zog eine Schublade auf und fand eine Sonnenbrille darin und setzte sie auf und sah in den Spiegel hinein. Meine Lippen waren aufgesprungen und von blässlicher Farbe; als ich einen Lippenstift ertastete, nahm ich ihn heraus und zog sie nach, es war ein grelles, auffallendes Rot und meine Hand zitterte ein wenig, so dass es schwer war, die Konturen meiner Lippen in einer geraden Linie nachzufahren, ich setzte immer wieder ab und fing von neuem an, bis ich mit meinem Werk zufrieden war und mein Mund rund und voll und gleichmäßig rot aus meinem Gesicht leuchtete. In einem Schrank neben dem Bett fand ich ein buntes Seidentuch, das ich um meine Haare schlang, auch ein langer Mantel mit einem dünnen Pelzbesatz am Kragen war da, der aber zu eng war, als dass ich ihn hätte zuknöpfen können; ich würde ihn offen tragen und meine Hände lässig in die Taschen stecken, und dann fiele das nicht weiter auf. Ich behielt den Lippenstift in der Hand und schob die Schubladen zu und schloss die Schranktür und verließ das Zimmer und trat in ein anderes hinein; ein leerer Vogelkäfig stand darin und ein siebenarmiger Leuchter, dessen Silber dunkel angelaufen war, sonst war der Raum leer, und die Tür klemmte ein wenig, als ich sie ins Schloss zog. Daneben kam ein Badezimmer mit dunkelgrünen Fliesen und einem abgetretenen gleichfarbigen Teppichboden und Leuchtern, die ein schmeichelndes warmes Licht an die Wände warfen, als ich sie anknipste; und dann gab es noch einen Raum, der mit großen Kisten bis unter die

Decke vollgestellt war, Spinnweben spannten sich über die Ecken, und als ich eine der Kisten öffnete, fand ich Schuhe darin, Schuhe in meiner Größe, ich nahm ein paar Stiefeletten heraus und zog sie an, und es gab ein klapperndes Geräusch, als ich damit die Steintreppe wieder hinunterlief.

Ich ließ die Pferde auf die Weide und sperrte Monti im cottage ein und setzte mich in den Jeep und fuhr Richtung Stadt; als ich am country store vorbeikam, stand Tom an der Zapfsäule und sah zu mir her, doch er winkte nicht und hob auch nicht seine Hand an die Mütze, und als ich noch einmal in den Rückspiegel sah, hatte er sich abgewandt und lief langsam auf seinen Laden zu. Ich folgte den Windungen der Straße und fuhr an großen Farmen mit weiß gestrichenen Zäunen vorbei; das Weiß war hell und glänzend verglichen mit dem schmutzig grauen Weiß des Schnees, das noch fast überall den Boden bedeckte, nur hier und da schimmerte ein Stück Grasland durch, doch das Grün war fahl und matt und der Himmel darüber so grau und die Wolken so dick und schwer, dass es aussah, als würde es bald wieder schneien oder auch regnen und als wäre der Winter noch lange nicht vergangen. Ich kam der Stadt näher und näher und begann zu zittern und sah mich links und rechts der Straße nach Feldwegen um, auf die ich einbiegen und wo ich den Wagen zurücksetzen und wenden könnte, doch es waren immer nur Zäune da und ab und an das Schild mit dem Namen einer Farm und das no trespassing sign darunter; ich dachte an Monti und dass ich ihn halb tot geschlagen hatte und dass es kein Zurück mehr gab und dass ich weiterfahren und dem grauen Band der Straße zu folgen hatte. Bald waren viele Autos um mich herum und Ampeln, an denen ich halten und wieder anfahren musste, und als ein großes Schild die erste shopping mall auswies und ich mich rechts einordnete und auf den Parkplatz einfuhr und Jims Toyota vor dem A&P entdeckte, stellte ich den Jeep in einiger Entfernung ab und betrachtete mich noch einmal im Rückspiegel und sagte there she blows und stieg aus und warf die Wagentür kräftig ins Schloss.

Im A&P nahm ich einen Wagen und lief langsam den ersten Gang auf der einen Seite hinauf und auf der anderen hinunter; der Fußboden glänzte im hellen Neonlicht, die Regale waren mit Waren vollgestapelt bis unter die Decke und zogen sich wie schnurgerade Mauern von einem Ende des Geschäfts zum anderen, so dass die Gänge dazwischen gut einzusehen waren. Vor mir schoben ein paar Hausfrauen ihre Wagen vor sich her und blieben gelegentlich stehen und nahmen mit einer entschlossenen Bewegung einen Artikel aus dem Regal und schoben ihre Wagen weiter. Ich stellte mir vor, wie Jim immer einen Gang weiter als ich seine Waren auswählte und in den Wagen stellte und bezahlte und das Geschäft wieder verließ, ohne dass ich ihn zu Gesicht bekommen hätte, und ich lief schneller, so dass die Absätze meiner Stiefeletten laut auf dem Fußboden klapperten und ich mir wünschte, ich hätte Turnschuhe angezogen wie die Hausfrauen und könnte nun leise und unbemerkt die Gänge hinauf- und hinunterschleichen und am jeweiligen Ende vorsichtig um die Ecke lugen, um Jim rechtzeitig zu erspähen. Ich nahm ein kleines viereckiges Brot aus dem Regal und legte es in den Wagen und stellte ihn dann am Ende des ersten Ganges auf die Seite und ging ohne ihn weiter; ein Angestellter kam mir entgegen und sagte hi, how are you doing, und ich antwortete fine, how are you, so leise es nur eben ging, und er nickte freundlich und lächelte flüchtig und lief weiter. Auch im dritten Gang war von Jim nichts zu sehen; ein Gabelstapler mit Kisten darauf kam mit einem leise surrenden Ton auf mich zu und bremste kurz vor mir ab und machte eine rechtwinklige Drehung auf ein Regal zu, in dessen Mitte ein paar Bretter leer waren, ich wandte den Kopf im Vorbeigehen zur Seite und sah in das Regal hinein, und da war Jims Gesicht auf der anderen Seite, von den Brettern umrahmt, und für den Bruchteil einer Sekunde sahen wir uns an; dann lief ich weiter, meine Absätze klapperten lauter noch als zuvor, und ich dachte, dass ich so schnell wie möglich meinen Wagen finden und zur Kasse gehen und bezahlen und hinausgehen müsse, weil meine Beine ganz schwach waren und ich Jims Augen immer vor mir sah und die Aknenarben auf seinem Gesicht und den hochgezogenen Hemdkragen, doch plötzlich hielt ich inne und ging langsamer denselben Weg zurück und bog schließlich in den Gang ein, in dem Jim vor ein paar Sekunden gestanden und mich angesehen hatte; ich fand ihn vor einem anderen Regal, er hatte die Hand ausgestreckt und nahm etwas heraus und ich steckte die Hände fest in meine Manteltaschen und spähte in seinen Wagen hinein: eine Flasche Rotwein stand darin und eine Backmischung für chocolate cookies, ich dachte, dass er es sich offensichtlich gut gehen ließe und mich vielleicht gar nicht suchte und abends in seiner Küche stünde und Schokoladenplätzchen backte, und ich taumelte fast, so sehr war ich erleichtert bei diesem Gedanken, doch gleichzeitig stieg ein Gefühl in mir auf, das ich nicht kannte und das mir einen Augenblick lang schier den Atem nahm, es war mindestens so stark wie die Angst und ließ mich mit laut klappernden Absätzen an ihm vorbeilaufen und hochmütig zur Seite sehen und ein paar Schritte weiter stehen bleiben und eine große Tafel Schokolade aus dem Regal nehmen; ich legte die Finger ganz fest darum und fühlte die einzelnen Rippen und dachte, wenn du Schokolade essen kannst, kann ich das noch lange, und trug sie zu meinem Wagen und legte sie hinein und ging zur Kasse und bezahlte und sah zu, wie der Angestellte alles in einer braunen Papiertüte verstaute. Have a nice day, sagte er und ich sagte thank you, you too, ich trat aus dem Supermarkt hinaus und lief über den Parkplatz, auf dem tiefe Pfützen standen, zu meinem Jeep und stieg hinein und startete den Motor, und als ich an Jims Toyota vorbeikam, verlangsamte ich die Geschwindigkeit und starrte neugierig durch die Scheibe und sah, dass der Kotflügel nicht mehr eingedrückt war, sondern glatt und braun wie der Rest der Karosserie.

Wir waren die Jefferson Park Avenue hinuntergefahren und Jim hatte wissen wollen, ob ich schon einmal vor ihm mit einem Mann im Bett war und ich hatte ja gesagt, nicht weil es der Wahrheit entsprochen hätte, sondern weil ich dachte, dass er das hören wollte, er fragte, wer oben und wer unten gelegen habe und ob wir dabei gesprochen hätten und gestöhnt und geschrien, und ich hatte zu allem ja gesagt und dabei gefühlt, dass mein Gesicht ganz rot war und mir der Schweiß aus den Achselhöhlen rann, und dann hatte es einen Ruck gegeben und einen Knall und Jim war aus dem Wagen gesprungen und zu dem Fahrer des Wagens vor ihm gelaufen, der langsam das Fenster herunterließ und immer nur den Kopf schüttelte, so dass Jim immer lauter und drohender auf ihn einredete, bis er schließlich ebenfalls ausstieg und sich nahe vor Jim hinstellte; er war ein Schwarzer, massig, und sagte cool it und it was your own fucking mistake, ich sah, dass die Leute auf den Gehwegen stehen blieben und zu uns herübersahen und hörte Jim sagen I'm not getting into a fight with a nigger, und dann hielt ein Streifenwagen hinter uns an und ein Polizist stieg aus und lief langsam auf uns zu, er war weiß und schmal gebaut und trug einen großen Revolver am Gürtel und lächelte fein, als er näher kam, und dann dauerte es nicht lange und Jim setzte sich wieder zu mir in den Wagen und sah mich böse an und sagte guess whose fault that was und fuhr mit aufheulendem Motor an dem anderen vorbei.

Es begann zu regnen; ich nahm die Sonnenbrille ab und steckte sie in die Brusttasche des Mantels und schaltete die Scheibenwischer an und bog in die Straße ein, die zurück zur Farm führte; es musste wieder kälter geworden sein, denn die anderen Autos fuhren alle sehr langsam, als ob die Straße vereist wäre, und als ich vorsichtig abbremste, rutschte der Jeep tatsächlich ein wenig. Der Himmel war noch dunkler geworden, und die Geschäfte rechts und links der Straße waren hell erleuchtet; erst als ich die letzten Häuser hinter mir ließ und die Landstraße entlangfuhr und nur noch die Zäune da waren und das schneebedeckte Land und schemenhaft ein paar Baumgruppen hier und da und in der Ferne gelegentlich ein Lichtschein aus dem Fenster eines Farmhauses fiel, ging mir auf, dass es so dunkel geworden war, dass man meinen konnte, die Nacht bräche bald herein; der Regen wurde stärker und prasselte auf das Dach meines Wagens, und ich schaltete die Scheibenwischer eine Stufe schneller und sah, dass das Wasser, das sie zur Seite schoben, noch auf der Windschutzscheibe zu Eis gerann. Dann fielen die Tropfen in immer größeren Abständen und kamen mit einem harten Laut auf dem Wagen auf und blieben auch nicht gleich auf dem Asphalt liegen, sondern sprangen erst noch einmal hoch, als ob sie tanzten, sie glitzerten hell und eisig und bedeckten die Straße innerhalb kürzester Zeit mit einer schlierigen Schicht. Ich hielt den Wagen in der Mitte der Straße und tastete mich im Licht der Scheinwerfer langsam vorwärts und sah im Rückspiegel die Spuren der Reifen, die sich hinter mir herzogen und mich noch mit der Stadt und der Helligkeit und dem Leben dort zu verknüpfen schienen, ich wäre am liebsten umgekehrt und ihnen dorthin zurück gefolgt und hätte mich einfach und still in ein Café gesetzt und den Stimmen gelauscht und durch die Scheiben das Fallen der Tropfen beobachtet, die jetzt als dickflockiger matschiger Schnee herunterkamen und den Verlauf der Straße wie ein Vorhang verhängten. Ich hätte gerne Monti neben mir gehabt und mit ihm geredet und ihn gefragt, wann denn nun die Abzweigung zur Farm käme; doch Monti lag in meinem cottage und es ging nicht an, ihn warten zu lassen, und so fuhr ich weiter. Nach einer endlosen Weile schimmerte rechts das Licht von Toms Laden durch das Schneetreiben herüber; mir fiel ein, dass die Pferde noch draußen auf der Weide waren, und ich schaute angestrengt auf die Straße und auf den Straßenrand, um das Schild an der Abzweigung nicht zu verpassen, doch wenn ein Schild kam, stand immer ein anderer Name darauf, Quail Ridge Farm oder Pheasant Ridge Farm oder Fox Ridge Farm; ich hatte nie darauf geachtet, in welcher Reihenfolge sie kamen, und wusste nicht, wie viele Farmen ich noch zu passieren hätte, bevor ich abbiegen müsste, vielleicht war ich an der Hunting Ridge Farm schon längst vorbeigefahren, ohne es zu bemerken, und es kämen nun noch weitere, alle mit einem »ridge« im Namen, und dann kämen die Berge und die mountain folks und ich müsste immer weiterfahren, weil ich nicht anzuhalten wagte. Doch dann tauchte das Schild plötzlich auf und ich bog ab und fuhr den Schotterweg entlang; der Boden leuchtete weiß vom frisch gefallenen Schnee, es war keine Autospur zu sehen, so dass ich dachte, Mrs Burke müsse schon lange vor mir zurückgekommen sein, doch als ich bei den Stallungen um die Ecke bog, lag ihr Haus im Dunkeln. Ich parkte den Jeep und schaltete die Scheinwerfer aus und stieg aus und lief zu meinem cottage hinunter; das

Schneetreiben hatte aufgehört, nur vereinzelt fielen ein paar große zittrige Flocken, die Pferde standen am Weidenzaun und scharrten ungeduldig mit den Hufen, als sie mich sahen, und als ich die Tür zu meinem cottage öffnete, kam Monti leise winselnd und schwanzwedelnd heraus. Ich brachte die Pferde in ihre Boxen und fütterte sie und füllte die Schale der grauen Katze auf und gab Monti sein Fressen; es war jetzt völlig dunkel geworden und ich fragte mich, wo Mrs Burke bliebe, und stellte mich eine Weile lauschend vor ihr Haus; es war still, unendlich still, kein Windhauch bewegte die Bäume, es war immer noch Winter und es war Nacht und ich stand da in meiner lächerlichen Maskerade und dachte daran, dass Jim wohl gerade ein Blech mit Schokoladenplätzchen aus dem Ofen holte und mich sicher heute Abend nicht mehr suchen käme; und trotzdem kam sie wieder, die Angst, als hätte sie nur auf diesen Augenblick gewartet, wo ich stillstand und Ruhe gab und mich nicht wehrte, nur diesmal hätte ich nicht sagen können, woher sie kam und warum.

Ich ging langsam um Mrs Burkes Haus herum und schaute in alle Fenster und kehrte schließlich wieder zur Küchentür zurück; ich öffnete sie und trat ein und knipste das Licht an und sah, dass zwei Hundekörbe in der Küche standen; sie waren kleiner als der des Windhunds und mit einem bunten Stoff ausgelegt, zwei nagelneue Näpfe befanden sich daneben, und auf dem Tisch lag eine Zeitschrift über die richtige Haltung von Terriern und daneben stand, wie gewöhnlich, ein langstieliges halbvolles Glas. Ich nahm es in die Hand und roch daran und trank es in einem Zug aus; dann schaltete ich das Dielenlicht ein und stieg die Treppe hinauf und öffnete die Tür des Zimmers, in dem das Bett und der Schminktisch standen, ich legte auch hier den Lichtschalter um und ging hinüber zum Bett und setzte mich darauf und zog die Stiefeletten aus und streckte mich unter der Decke aus. Ich sagte hi teddy und nahm den Bären und legte ihn neben mich auf das Kissen und deckte ihn zu; es war sehr still im Zimmer, und ich begann, ein Lied zu summen, und schließlich hörte ich den Wagen vorfahren und Mrs Burkes Schritte auf der Treppe und die Fliegengittertür, die ins Schloss fiel, dann war es einen Augenblick lang ruhig, und dann kamen ihre Schritte die Steintreppe herauf. Sie keuchte leise und stand eine Weile still, um Atem zu schöpfen oder um mich summen zu hören, plötzlich stand sie im Türrahmen und sah zu mir herab und wurde erst rot im Gesicht und dann weiß, und mir fiel ein, dass sie mich vielleicht nicht erkannte, weil ich die Kleider ihrer Tochter trug; sie stand da und schaute, in ihrem Gesicht zuckte es ein paar Mal, als hätte sie Schmerzen, schließlich streckte sie den Arm aus und wies mit ihrem knochigen Finger Richtung Treppe und sagte Joanne, get out of my house. Ich bewegte meine Füße und Beine und versuchte, mich aufzusetzen, doch sie waren schwer wie Blei und die Decke war so warm, und es wollte mir nicht gelingen; stattdessen öffnete ich die Lippen ein wenig, um den klagenden Laut, der von innen dagegenschwoll, herauszulassen, und ich sah, wie Mrs Burke zurückwich und schließlich die Tür ins

Schloss warf, und ich hörte ihre hastigen Schritte auf der Treppe. Es dauerte eine Weile, bis der Laut verebbte und ich meine Beine aus dem Bett setzen konnte; ich dachte, dass ich etwas in dem Zimmer zurücklassen müsse, und trat zum Schminktisch und nahm eine Nagelschere aus der Schublade und wickelte meine Haare aus dem Seidentuch und schnitt sie in Höhe meines Nackens ab und legte sie auf den goldenen Teller, der auf dem Tischchen stand. Dann stopfte ich das Seidentuch in die Tasche des Mantels und machte das Bett und setzte den Teddy wieder auf das Kissen und ging langsam aus dem Zimmer hinaus; die Küche unten war leer, das Außenlicht war eingeschaltet, und Monti wartete draußen an der Treppe und schob seinen Kopf unter meine Hand und lief neben mir her zum cottage zurück.

Auf dem Tisch lag das Päckchen. Ich setzte mich auf den Stuhl und begann, an der Verpackung herumzureißen, bis ich das Papier, das in mehreren Lagen darumgewickelt war, entfernt hatte und den Karton in meiner Hand hielt; ich lupfte vorsichtig den Deckel und sah, dass tatsächlich Fotos darin waren und obenauf ein von meiner Mutter handbeschriebenes Blatt und ein verschlossener Umschlag mit meinem Namen darauf. Ich dachte, dass ich mit dem Blatt beginnen und morgen ein Foto herausnehmen würde und am Tag darauf ein weiteres und so fort, bis ich am Grund des Kartons angelangt wäre; der Tag würde kommen, an dem ich hineinsehen würde, und das Päckchen wäre leer. Ich nahm das Blatt, das auf beiden Seiten beschriftet und in der Mitte gefaltet war, und glättete es und legte es vor mich auf den Tisch. Als ich mich vorneigte, um mit dem Lesen zu beginnen, merkte ich, dass der Mantel unter meinen Achseln spannte, und stand auf, um ihn abzulegen; auch die Stiefeletten zog ich aus, und dann ging ich ins Bad und wischte mir mit einem Waschlappen so lange über den Mund, bis der Lippenstift weggerieben war und meine schmalen aufgesprungenen Lippen wieder zum Vorschein kamen. Als ich mich erneut an den Tisch setzte, knurrte Monti leise und stellte die Nackenhaare auf; er sah aber nicht nach draußen, sondern zur Schlafzimmertür hinüber, die angelehnt war, und ich dachte mit Entsetzen, dass sich vielleicht jemand dahinter versteckt hielt, zusammengekauert unter dem Bett lag und darauf wartete, dass ich mich hineinlegte und die Augen schloss und einschlief, und ich beugte mich nieder und flüsterte Monti zu please go, have a look und strich ihm über seinen Kopf und fühlte die Strieme unter meiner Hand. Er blieb aber liegen und rührte sich nicht, nur sein Schwanzstummel fuhr leise über den Boden, und er knurrte auch nicht mehr; da erhob ich mich und schlich zum Schlafzimmer hinüber und langte mit dem Arm durch den Türspalt und fand den Lichtschalter und knipste ihn an und stieß die Tür weit auf und sah hinein, doch da war niemand, und als ich mich bückte, um unter das Bett zu schauen, sah ich nur meinen Koffer und dicke Staubflusen auf dem Boden. Ich knipste das Licht wieder aus und ging zu Monti zurück, der mich freundlich ansah, seine Nackenhaare waren glatt und ich dachte, dass er vielleicht im Schlaf geträumt und geknurrt hätte und dass dies nicht weiter von Bedeutung wäre, doch irgendwie war mir unbehaglich, so als wäre etwas oder jemand in meine Höhle eingedrungen und nistete nun in einer Ecke und beobachtete mich bei allem, was ich tat. Ich setzte mich wieder auf den Stuhl und strich das Blatt noch einmal glatt und las dann den Brief langsam und sorgfältig durch, als wäre er ein Aufsatz, den ich für ein Seminar auf Grammatikfehler und falsche Zeichensetzung hin überprüfen müsste. Ich fand tatsächlich ein Wort, das groß- statt kleingeschrieben war, und auch das zittrige, schwunglose Schriftbild fiel mir auf. Erst als ich die letzten beiden Worte, Deine Mutter, las, schrak ich auf, es befand sich wohl doch eine Botschaft darin, die an mich gerichtet war und an der ich konsequent vorbeigelesen hatte, und so begann ich von neuem. Von einem Brief an mich war die Rede, den der Vater mir vor seinem Tod geschrieben habe und der mir erst bei meiner Eheschließung ausgehändigt werden sollte, und dass dieser Zeitpunkt ja jetzt gekommen sei und sie ihn beiliegend mitschicke, zusammen mit einigen Fotos, die für mich von Interesse sein müssten und die ich meinem Mann gewiss gerne zeigen würde, damit er die Familie seiner Frau wenigstens auf dem Bild kennen lernen könnte. Er solle jedenfalls nicht glauben, dass sie nicht gern seine Bekanntschaft machen würde, nur sähe sie sich außerstande, ein Flugzeug zu besteigen, aber wir wüssten ja, wo sie wohne, und könnten sie jederzeit gern besuchen. Ich dachte an das Geschirr mit Goldrand, das sie dann sicherlich aus dem Schrank holen würde, wie sie das immer getan hatte, wenn Besuch kam, sie würde einen tiefgefrorenen gedeckten Apfelkuchen auftauen und Jim noch ein Stück aufnötigen und noch eines, und wenn wir dann gingen, würde er sagen your mother is a nice lady, und ich würde nicken und sagen I know oder you are right. Ich würde ihm nicht erzählen, dass sie die Teller und Tassen und Untertassen und Löffel und Kuchengabeln nach einem Besuch immer sorgfältig mit der Hand abspülte und in den Schrank im Wohnzimmer stapelte und die dicke, mit Holzschnitzereien verzierte Tür dann mit einer entschiedenen und endgültigen Geste ins Schloss drückte und für den Rest des Tages unauffindbar war, aber am Abend mit gläsernem Blick und leicht schwankend wieder auftauchte und sich in den Sessel am Fenster fallen ließ und ich für das Abendbrot das angeschlagene Geschirr und die Gläser mit den Scharten am Rand auf den Tisch stellte, und ich würde ihm auch nicht erzählen, dass ich meistens allein zu essen pflegte und kauend zu dem Fenster hinaussah, das auf einen Hinterhof ging, in dem zwischen Teppichstangen Wäsche gespannt war und Kinder sich einen Spaß daraus machten, unter den im Wind flatternden Bettlaken hindurchzurennen, bis die Nachbarin kam und drohend ihre Faust hinter ihnen schüttelte. Ich würde ihn mit der Begründung, dass die Wohnung meiner Mutter sehr eng sei, in einen Gasthof mitnehmen und dort ein Doppelzimmer buchen und am Abend in der Wirtsstube Schweinebraten mit Klößen für uns beide bestellen, der Raum wäre rauchgeschwängert und die Männer am Stammtisch würden mit ihren dicken Bierhumpen klirrend anstoßen und prosit rufen, und Jim würde das alles betrachten und kaum merklich den Kopf schütteln und sagen it's exactly the way I had thought it would be. Ich würde mich ein bisschen schämen und gleichzeitig das Gefühl haben, etwas verteidigen zu müssen, doch ich täte es nicht, sondern würde auf den Grund meines Weißbierglases schauen und Jim insgeheim darum beneiden, wie leicht es ihm gelang, das zu sehen, was er sehen wollte. Ich würde ihn am nächsten Tag durch enge kopfsteingepflasterte Gassen führen und ihm die Kirche zeigen und sagen, dass sie im zwölften Jahrhundert erbaut worden sei, und er würde sagen oh boy, eight hundred years, that's really old. Ich erinnerte mich daran, wie ein Amerikaner auf einer Party, zu der Jim mich mitgenommen hatte, bei der Vorstellung gesagt hatte Germany is in Europe, isn't it? und ich gedacht hatte, dass Europa für sie so weit weg sei wie für mich der entlegenste Winkel in Asien, und wie Jim an meiner Stelle of course geantwortet hatte und dass es Schlösser dort gäbe und Sauerkraut und Bier. Und ich dachte, es sei gut, dass wir diese Reise nicht gemacht hatten, Jim hätte nichts verstanden, und ich hätte ihm auch nichts erklärt.

Ich stand auf und machte das Licht aus und trat ans Fenster und schob die Vorhänge zur Seite und sah hinaus; der Mond stand hell am Himmel und leuchtete auf die Schneedecke herab, die die Erde gerade so hoch bedeckte, dass die Grasspitzen darunter verschwanden, die Stallungen lagen still im sanften Licht, und ich dachte, dass ich mich dieser Stille nicht verschließen dürfe und ihr lauschen müsse und dass eine Kraft in ihr enthalten sei, und so öffnete ich die Tür und trat in die Nacht hinaus und machte ein paar Schritte vom cottage weg und blieb dann stehen und regte mich nicht. Ich hörte den krächzenden Ruf eines Käuzchens und weiter unten vom Fluss her das Bellen eines Fuchses und spürte das Mondlicht auf meinem Haar, ich streckte die Hand aus, als wollte ich sie greifen, die Stille und den Frieden, ich drehte die Handfläche nach oben und streckte auch den anderen Arm aus und drehte auch die andere Handfläche gen Himmel und atmete tief und schwer, doch plötzlich war es, als sähe ich mich wie durch ein Fernglas klein und allein auf einem mondbeschienenen riesigen weißen Feld, die Arme in den Himmel gereckt, es war nichts Tröstliches daran, der Schnee glitzerte kalt und der Himmel war dunkel und weit; der Laut drängte gegen meine Lippen und ich ließ ihn hinaus, er formte sich zu dem Namen meiner Mutter, und ich schrie ihn über den ganzen schneebedeckten mondbeschienenen Kontinent hin und über den Ozean hinweg und in das Zimmer meiner Mutter hinein, die in ihrem Sessel am Fenster saß und in den Hinterhof hinausstarrte und ihn nicht hörte; nur Monti war es, der Antwort gab, er saß auf seinen Hinterbeinen und streckte den Kopf in die Höhe und jaulte zum Mond hinauf, bis ich endlich verstummte und zu weinen begann.

Am Morgen rief Mrs Burke an und sagte, dass sie wieder in die Stadt müsse und ich zwei der Pferde trainieren solle; sie klang kurz angebunden und auch ein wenig verlegen und legte auf, noch bevor ich antworten konnte, und als ich mit dem Füttern begann, hörte ich, wie ihr

Wagen davonfuhr. Die beiden Hundekörbe fielen mir ein und ich lief zum Haus hinauf, um nachzusehen, was es damit auf sich hätte, doch als ich an dem runden Griff drehte, ließ sich die Tür nicht öffnen; ich rüttelte ein paar Mal daran, bis mir klar wurde, dass sie abgeschlossen war. Ich ließ den Arm sinken und legte den Kopf in den Nacken und sah an der Hauswand empor zu den Fenstern und den Fensterläden mit der abblätternden Farbe und wartete darauf, dass ich den nächsten Schritt zu tun in der Lage wäre; es war, als drehten sich in meinem Kopf Zahnräder in ungleicher Geschwindigkeit gegeneinander und als müsste ich den Augenblick abwarten, wo sich das eine verlangsamen und das andere beschleunigen würde, bis sie schließlich beide Zahn in Zahn ineinandergriffen und sich miteinander drehten. Ich hörte einen Raubvogel in der Ferne schreien und sah, dass sich an der Dachrinne ein paar kleine Eiszapfen gebildet hatten, und plötzlich und wie mit einem Ruck rasteten die Zahnräder ineinander ein, der Schub trieb mich hinüber zu dem Geflügelgehege und ich ließ mich durch das Drahttürchen hinein; ich beugte mich zu einem der Hühner nieder und packte es und legte die Finger um seinen Hals und spürte die Federkiele darunter und drehte eine Faust vorwärts und eine rückwärts, das Tier in meinen Händen erschlaffte sofort und ich nahm es mit hinaus und legte es Mrs Burke auf die Treppe. Monti schnupperte daran und sah mich an; ich wich seinem Blick aus und sagte ihm, dass er es liegen lassen solle und dass es ein Geschenk für Mrs Burke sei und ich ihn jetzt ins Haus sperren müsse; im cottage zog ich den

Mantel an und die Stiefeletten und schlang das Seidentuch um meine Haare und schminkte meine Lippen und setzte mich in den Jeep und fuhr den Schotterweg hinunter. Ich bog nach links auf die Landstraße ein und kam an Toms Laden vorbei, vor dem noch keine Tafeln standen, die Straße war gestreut und ich kam schnell voran, und als ich die Stadt erreichte, folgte ich dem Schild downtown mall und parkte den Wagen in einer Tiefgarage. Die mall war mit rötlichen Klinkersteinen gepflastert und die Absätze der Stiefeletten klapperten laut darauf; ich ging von einem Ende zum anderen und an Jims Laden vorbei und sah durch das Schaufenster hinein, ein Mann saß an der Kasse, den ich nicht kannte, und ich dachte, dass Jim wohl erst später käme und ich mich in ein Café setzen und dort eine Weile warten könnte; es gab dort eines, das sehr groß und geräumig war und viele Nischen hatte, so dass es nicht auffallen würde, wenn ich eine Tasse Kaffee bestellen würde und noch eine und noch eine, bis Jims Schicht anbräche und ich ihn vom Fenster aus beobachten könnte, wie er in dem Laden verschwand. Ich ging auf das Café zu und öffnete die Tür und sah mich nach einer geeigneten Nische um; ganz hinten in einer Ecke saß Mrs Burke allein an einem kleinen Tisch, sie hatte ihr Lächeln aufgesetzt und rauchte eine Zigarette, die sie graziös in der Hand hielt, es sah aus, als wartete sie auf jemanden, doch der Aschenbecher auf dem Tisch war voll und das langstielige Glas, das danebenstand, war leer. Ich wandte mich schnell ab und lief auf die mall hinaus und in die Parkgarage und bezahlte das Ticket und fuhr zur Farm zurück; ich hielt vor den Stallungen und sprang aus dem Wagen und rannte zu Mrs Burkes Haus hinauf und nahm das Huhn und trug es zum Schotterweg hinüber, wo ich es im Unterholz versteckte und schließlich noch ein paar Zweige darüberlegte und diese mit einem Stein beschwerte; dann ging ich zum cottage und ließ Monti heraus und warf ihm einen Stock, er brachte ihn japsend vor Freude zurück und ich warf ihn wieder und wieder, bis er sich hechelnd in den Schnee legte und ich ihm sagte, dass ich mich umziehen müsse, weil es Zeit sei, die Pferde zu reiten.

Ich war noch im Stall, als Mrs Burke zurückkam; ich hörte das Klappen ihrer Kofferraumtür und dann ein hohes aufgeregtes Kläffen und Mrs Burkes Stimme, die meinen Namen rief; Monti stürzte herbei und ich trat aus dem Stall und lief zu ihrem Wagen, um den zwei kleine Terrier sprangen, ein blonder und ein schwarzer, und Mrs Burke sagte these are Winky and Binky, sie hatte ein Lächeln im Gesicht, das ich noch nie an ihr gesehen hatte, und sie beugte sich nieder und sagte come here, you two, und lockte sie so lange, bis sie an ihr hochsprangen und ihr die Hand ableckten. Sie sahen struppig aus und kläfften in einem fort und ich dachte, dass mir der Windhund lieber gewesen war und sie die Stille auf der Farm stören würden und dass es lächerlich sei, wie Mrs Burke sich mit ihnen abgab; zu mir sagte sie, dass ich auf Monti Acht geben solle, der langbeinig und pikiert um sie herumstakste und den ihr quirliges Gehabe offensichtlich ebenso irritierte wie mich, ich rief ihn zu mir und legte ihm die Hand auf den Kopf und murmelte, dass ich noch mit den Pferden zu tun habe, und ging mit ihm zum Stall zurück. Hinter einer Boxentür beobachtete ich, wie Mrs Burke mit den Hunden zum Haus hinaufging und die Tür aufschloss, ich hörte, wie sie auf sie einsprach, sie zeigte ihnen sicherlich ihre Körbchen und ihren Futternapf und gab ihnen zu fressen, und ich nahm wieder die Mistgabel und stach die Zinken in die festgebackene Schicht aus Sägespänen und Mist und stellte mir vor, wie bestürzt sie gewesen wäre, wenn ich das Huhn hätte liegen lassen; vielleicht war da ja noch eine kleine Lache getrockneten Bluts, die sie in ihrem Eifer mit den Hunden übersehen hatte und die sie später bemerken würde, sie würde mich beunruhigt um eine Erklärung bitten, und ich würde etwas von Mäusen und herabstürzenden Raubvögeln brummeln und vielleicht noch etwas von einem schlechten Omen und dann so tun, als ginge mich das alles nichts an.

Am Nachmittag trieb ein kräftiger Wind die Wolken davon, und gegen Abend kam die Sonne heraus; wo ihre Strahlen hinschienen, begann der Schnee zu schmelzen, und als es dämmrig wurde, waren schon große Flächen schmutziggrünen Graslandes zu sehen. Die Pferde waren nicht am Weidentor, als ich sie hereinbringen wollte, sondern rupften an den spärlichen Grashalmen und kamen erst herbei, als ich einen Eimer mit Hafer aus dem Stall holte und den Inhalt darin hin und her schüttelte; ich öffnete das Tor und lief vor ihnen her zum Stall und sie stupsten mich mit ihren weichen Nüstern und ich griff in den Hafer hinein und bot ihnen auf der flachen Hand ein paar Körner an. Ich hörte Winky und Binky auf der anderen Seite von Mrs Burkes Haus kläffen und dachte, dass ich nun in meine Hütte gehen und ein Foto aus dem Päckchen nehmen und betrachten müsse, und erschrak, als plötzlich die kleine graue Katze um meine Beine strich; ich beugte mich nieder, um sie auf den Arm zu nehmen, doch sie erhob sich kurz auf die Hinterbeine und ließ ihre Tatze vorschnellen und zerkratzte mir mit ihren Krallen die Hand, bevor sie in langen Sätzen in der Dunkelheit verschwand.

Im cottage setzte ich mich wie am Vorabend auf meinen Stuhl und legte mir das Päckchen auf den Schoß und griff blind hinein; meine Finger ertasteten den geschlossenen Briefumschlag und schoben ihn beiseite und zogen das Foto heraus, das gleich darunter lag. Es war schwarzweiß und an den Rändern vergilbt und zeigte mich in einem karierten Dirndl mit weißen Rüschen an den Puffärmelchen und am Rocksaum; ich trug die Haare ordentlich gekämmt und den Pony gerade geschnitten und saß auf einer Decke und hatte einen Teller mit einem Stück Kuchen darauf in der einen Hand und einen kleinen Löffel in der anderen und sah ernst auf etwas, das außerhalb des Bildes lag. Auf der Rückseite stand Sommer 1959; ich dachte, dass ich älter aussah als eine Fünfjährige, und fragte mich, was es sein mochte, das meine Aufmerksamkeit gefangen hielt, und ob meine Mutter und mein Vater in der Nähe waren und warum die Decke so glatt gestrichen war und wer es war, der den Fotoapparat bediente und ob ich damals eine

Freundin gehabt hatte oder eine Puppe und was es war, das mich so ernst aussehen ließ, doch ich konnte mich an nichts erinnern. An nichts, was mit dem Bild in Zusammenhang stand, aber auch an nichts vorher oder nachher, es war, als kennte ich das Mädchen nicht und könnte mir darum nicht vorstellen, wie es gelebt und gedacht und gefühlt haben müsste, und trotzdem wusste ich, dass ich es war, die da auf der Decke saß und in Kürze ein Stück Kuchen in den Mund stecken und langsam kauen und dabei auf etwas blicken würde, was nicht da war, wo der Fotograf stand, sondern weiter rechts und ein paar Schritte entfernt. Ich fuhr mit der Fingerspitze über das Gesicht des Mädchens und über die Haare und schließlich über die Decke und das Gras rundum und spürte, wie ich mich im Geist auf eine mühsame Wanderschaft begab und das Kind in mir suchte und es mit dem, was ich auf dem Foto sah, in Verbindung bringen wollte, doch alles, was in mir entstand, war ein Gefühl von Leere und Vergeblichkeit, da half es nichts, dass ich mir wieder und wieder vorsagte, dass ich dieses Mädchen sei, das Wissen fand keine Entsprechung in der Erinnerung an ein Gefühl. Ich gab es schließlich auf und legte das Bild auf die Seite und lehnte mich in meinem Stuhl zurück und schloss die Augen; erst jetzt bemerkte ich, wie erschöpft ich war und dass sich unter meinen Achseln nasse Flecken gebildet hatten, es kam mir vor, als hätte ich etwas getan, was sehr viel Kraft und Mut gekostet hatte; ich sagte Monti, I don't know what this whole thing is all about und meinte die Aufgabe, die ich mir gestellt hatte, und dass doch ein Zusammenhang bestehen müsse zwischen dem Damals und dem Jetzt und dass ich ihn nicht herzustellen in der Lage und alle Anstrengung letztendlich zum Scheitern verurteilt wäre; ich legte mich zu Monti auf den Boden und er fuhr mit der Zunge über meine Hand, als wollte er mich trösten, und ich murmelte let's just go to sleep und bettete meinen Kopf an seine Schulter, und dann dauerte es nicht mehr lange, und die Augen fielen mir zu.

Am nächsten Morgen schien die Sonne, als ich erwachte. Mrs Burke rief an und sagte, dass wir ausreiten und die Hunde mitnehmen sollten; der Schnee war fast überall geschmolzen, und das Wasser sammelte sich in kleinen Rinnsalen, die sich über den Boden zogen wie Adern über ein Blatt. Ich fütterte die Pferde und sah in der Sattelkammer nach der kleinen grauen Katze, doch sie war nicht da und das Schüsselchen mit ihrem Futter war noch halb voll. Als ich zwei der Pferde gesattelt hatte, kam Mrs Burke herunter; Winky und Binky sprangen japsend und kläffend um sie herum, und Monti wedelte höflich mit dem Schwanz und ließ sich dann ein Stück entfernt in der Sonne nieder. Ich brachte die Pferde heraus und half Mrs Burke beim Aufsitzen und bemerkte, dass sie über den Winter noch steifer geworden war; die kleinen Hunde verstanden nicht, warum ihre Stimme plötzlich von so weit oben herunterkam, und sprangen verdutzt und aufgeregt mal in diese Richtung und mal in jene, doch als wir uns in Bewegung setzten und in langsamem Schritt Richtung Schotterweg ritten und Mrs Burke sie unaufhörlich lockte und rief, schienen sie zu begreifen, dass sie uns zu folgen hätten, und schlossen sich Monti an, der gemächlich hinter uns herlief. Mrs Burke sagte, dass sie nur einen kleinen Ritt machen wolle, um die Hunde nicht zu ermüden, wir würden über das Gelände des Nachbarhofs reiten und ein Stück am Fluss entlang und in einem Bogen über die Weide zurück; es erstaunte mich, dass sie mir über ihre Absichten Auskunft gab, doch als ich sie von der Seite ansah, schaute sie wie immer starr geradeaus und setzte ihr Pferd mit einem energischen Gertenhieb in Trab. Es war das erste Mal seit Winterbeginn, dass wir ausritten; ich dachte, dass es gut sei, das Pferd unter mir und die Sonne auf meinem Kopf zu spüren, und gleichzeitig bemerkte ich, dass sich die Gegend um uns herum seit dem Herbst verändert hatte, dass kleine Bäume umgestürzt waren und uns ab und an den Weg versperrten und dass Schlinggewächse nackt und braun wie Schlangen von den Ästen hingen. Der Fluss war breit und reißend wie ein Strom, er führte Holzstücke mit sich und Laub und Zweige, und hin und wieder trieb ein Tier mit aufgeblähtem Bauch darauf. Wir ritten im Schritt, damit die Pferde im Matsch nicht ausglitten, und hielten uns auf einem Pfad, der sich den Fluss entlangzog, und ich hörte das Gurgeln des Wassers und das Schmatzen der Stromschnellen und dachte an den Korken, den ich im Traum hatte versenken wollen, und wie lächerlich dieses Unterfangen war angesichts der Gewalt und des Sogs des dahinrauschenden Wassers. Die Hufe der Pferde hinterließen runde Kuhlen, in denen das Wasser der kleinen Rinnsale zusammenlief und sich staute, und die Terrier machten komische Sätze darüber und waren dennoch nach kurzer Zeit von demselben Schmutzigbraun wie die schlammige Erde. Das sanft ansteigende Gelände zu unserer Linken war mit allerlei immergrünen Sträuchern bewachsen, in denen Monti ab und an verschwand, wohl um Beutelratten oder andere Tiere zu jagen; einmal hörte ich ihn bellen, er schien wegen irgendetwas aufgeregt zu sein, und da sich unser Pfad in einem leichten Linksbogen vom Fluss entfernte, kamen wir dem Bellen immer näher, bis ich Monti schließlich vor einer dicken Glastür stehen sah, die so in den dort steil abfallenden Hügel hineingearbeitet war, dass man denken konnte, sie führe zu einer Höhle oder einem unterirdischen Verlies; sicher war nur, dass sie in dieser Umgebung gänzlich fehl am Platz wirkte und dies der Grund dafür sein musste, warum Monti laut bellend davor stand. Ich fragte Mrs Burke, was dies alles bedeuten solle, und sie sagte this belongs to my neighbor, it's a bomb shelter, und ritt weiter, ohne sich darum zu kümmern, dass ich stehen blieb und die Tür anstarrte, weil ich nicht glauben konnte, dass sich hier jemand einen Luftschutzkeller erbaut hatte. Amerika war doch ein Land, in dem man sich sicher fühlen konnte, jedenfalls hatte ich das geglaubt, schließlich gab es hier keine rollenden Panzerkolonnen bei Nacht und auch nicht jenen vier Kilometer breiten Grenzstreifen, der ganz in der Nähe unseres ersten Hauses vorbeiführte und auf dem sich in regelmäßigen Abständen Wachtürme erhoben, in denen ich die Köpfe der Soldaten aus dem anderen Deutschland erkennen konnte, wenn ich mich nahe genug an den Stacheldrahtzaun stellte. Ich war als Kind oft in den Graben gesprungen, der sich längs der Straße am Zaun entlangzog, und hatte die Soldaten damit aus ihren Turmzimmern gelockt und sie hatten ihr Gewehr auf mich angelegt und geschrien, dass ich mich schon auf dem Boden der Deutschen Demokratischen Republik befände und dass sie schießen würden, wenn ich mich nicht zurückzöge. Es war merkwürdig, dass mir dies nun einfiel, wo ich doch auf dem Foto nichts gefunden hatte, was mich an damals hätte erinnern können, doch ich spürte nun auch wieder die Neugierde, mit der ich über den Zaun auf das mit struppigem Gras bewachsene Gelände gesehen hatte, in der Hoffnung, die Lage einer Mine ausfindig zu machen, einer Tellermine womöglich, deren Name mir sehr gefiel. Ich erinnerte mich auch daran, dass an einer Stelle die Grenze mitten durch ein Dorf verlief und ich den Menschen auf der anderen Seite zugesehen hatte, wie sie ihre Wäsche aufhängten oder auf alten Fahrrädern herumfuhren oder ihre Traktoren über riesige Felder lenkten, und manchmal hatte ich ihnen zugewunken, doch nur selten winkte einer zurück. Erst als die Russen in Prag einmarschierten und meine Eltern Tag und Nacht vor dem Radio kauerten und sagten, dass es von Prag bis zu uns nicht weit sei und dass uns die Russen überrollen würden wie nichts, und ich ihre Angst spürte, wurde diese Angst Teil jener dunklen unbestimmten Bedrohung, die schon immer über mir gehangen hatte und an die ich gewöhnt war. Ich dachte, dass auf amerikanischem Boden lange kein Krieg mehr stattgefunden hatte und dass man in Deutschland einhellig der Meinung war, der Schauplatz eines Krieges zwischen den Supermächten würde Mitteleuropa sein, und nun sah ich, dass trotzdem jemand glaubte, er müsse sich einen Luftschutzkeller auf sein Grundstück bauen und ihn mit Vorräten füllen und mit Gasmasken bestücken und dass vielleicht viele Leute so dachten und dass es den sicheren Ort, den ich suchte, wohl in Wirklichkeit gar nicht gab.

Auf dem Heimweg sagte Mrs Burke, dass ich am Nachmittag Hundefutter kaufen und den Jeep tanken solle, und ich überlegte, ob es möglich sein könne, Tom in meiner Verkleidung gegenüberzutreten, ich wollte herausfinden, wie sicher die Verkleidung wäre und ob Tom darüber hinwegsehen könnte, dass er den Jeep kannte und dass ich dasselbe Hundefutter kaufen würde wie jedes Mal; daher schminkte ich meine Lippen nach dem Essen besonders sorgfältig, dann zog ich mich um und sperrte Monti ins cottage und fuhr auf die Landstraße hinaus. Tom saß an der Kasse und sah mich kurz an und legte seinen Finger an die Mütze und sagte how are things going for you und blätterte weiter in seiner Zeitschrift; ich dachte, dass ich nun aufs Ganze gehen könne, wuchtete zwei Säcke Hundefutter auf meinen Wagen und fuhr damit zur Kasse und bat ihn, mir die Säcke in den Jeep zu legen, ich verstellte meine Stimme ein wenig dabei, und Tom sagte any time, ließ mich bezahlen und hob dann draußen das Futter in den Kofferraum meines Jeeps. In letzter Sekunde fiel mir ein, dass ich nicht tanken konnte, weil ich die Summe ja immer für Mrs Burke anschreiben ließ; ich würde auf der Heimfahrt noch einmal vorbeikommen und den Mantel und das Tuch vorher ablegen und den Lippenstift abwischen und hi Tom zu ihm sagen und ihn herausfordernd ansehen, und er wüsste dann gar nicht nicht, warum ich dies tat.

Als ich in die Stadt einfuhr, waren wieder dunkle Wolken aufgezogen; ich schaltete die Scheinwerfer ein und überlegte, ob ich mich in das Café in der downtown mall setzen und auf Jim warten sollte, doch dann fiel mir ein, dass ich gar nicht wusste, ob er noch in dem Häuschen an der Bahnlinie wohnte, und so fuhr ich zum Campus hinaus und die breite Jefferson Park Avenue hinunter und bog am Kentucky Fried Chicken links ab und überquerte die Schienen; als ich an dem Häuschen vorbeikam, sah ich, dass Licht darin brannte, und fuhr noch ein Stück die Straße hinunter und wendete dann und parkte den Jeep nur ein paar Meter von seinem Eingang entfernt. Ich blieb eine Weile sitzen und beobachtete das Haus, ein Fenster zur Straße heraus war erleuchtet und eines an der Seitenfront, und noch während ich darauf sah, war da plötzlich ein Schatten am Vorderfenster, die Vorhänge wurden zugezogen, und ich hatte nicht erkannt, ob der Schatten Jim war. Ich legte meinen Kopf an die Lehne meines Sitzes und folgte mit den Augen den Rücklichtern eines Autos, das die Straße hinunterfuhr, die hier über kleinere Hügel führte, und das deswegen immer wieder aus meinem Blickfeld verschwand. Ich hörte den Zug herandonnern und sah die kleinen roten Warnlichter am Bahnübergang blinken und die hell erleuchteten Wagons, als er schließlich oberhalb des Häuschens vorbeifuhr, und überlegte, ob es besser wäre, in einem Jeep zu sitzen und einen fahrenden Zug zu beobachten oder von einem durch die Landschaft rasenden Zug aus einen geparkten Jeep, in dem still jemand saß, doch ich kam zu keinem Schluss; als es wieder still war, dachte ich, dass es Dinge gab, die keiner Entscheidung bedurften, und dass manches erst verstanden werden könne, nachdem es getan worden sei, und dass ich jetzt aus dem Jeep steigen und zu dem Häuschen gehen und durch das Fenster schauen und nachsehen müsse, ob Jim darin war. Ich öffnete die Tür und kletterte auf die Straße und lief langsam auf das Fenster zu; ein Hund bellte in der Nähe, es klang anders als das Bellen der Terrier oder von Monti, heiserer und trostloser, und ich war mir sicher, dass Jim das Bellen gar nicht hören würde, selbst wenn er jetzt neben mir stünde; ich lief ein kleines Stück den Gartenweg hinauf und mir fiel auf, dass von den Holzscheiten, die wir vom Campus geholt hatten, nur noch einige wenige übrig waren und dass Jim sich offensichtlich nicht um Nachschub gekümmert hatte, und dann stand ich neben dem Fenster und schaute hinein. Das Kaminfeuer brannte und Jim saß in einem Sessel davor und las in einem Buch, eine Weinflasche stand auf dem Tisch und ein halb volles Glas daneben, und ich dachte, dass wohl überall die Menschen in Zimmern saßen und halb volle Gläser vor sich hatten und vor sich hin starrten oder lasen und dass es draußen dunkel war und die Hunde traurig bellten. Ich legte meine Hand auf das Fenstersims und fühlte den kalten Stein und versuchte mir vorzustellen, was Jim las oder was er dabei dachte, doch mir fiel nichts ein; einmal hielt er im Lesen inne und erhob sich und stocherte mit einem Schürhaken im Feuer herum und legte ein paar Scheite nach, und einmal sah er kurz herüber zum Fenster, doch er wandte den Blick gleich wieder ab und setzte sich wieder in seinen Sessel und nahm das Buch auf und las weiter. Ich sah ihm eine Weile beim Lesen zu, dann drehte ich mich um und ging zum Jeep zurück; der Hund bellte nicht mehr, der Mond war aufgegangen und lugte zwischen den Wolken hindurch, Monti und die Pferde warteten auf mich und es war Zeit, dass ich mich um sie kümmerte.

Als ich die Landstraße Richtung Farm hinausfuhr und in die Nähe von Toms Laden kam, fiel mir ein, dass ich noch tanken müsse, und ich hielt kurz am Straßenrand und zog den Mantel aus und nahm das Tuch ab und vertauschte die Stiefeletten gegen meine Winterstiefel, die ich in den Wagen gelegt hatte, und wischte mir den Lippenstift vom Mund. Über dem Schild, auf dem Tom's Country Store stand, brannte ein Licht, und aus dem Laden fiel ein schwacher Lichtschein auf die Tafeln und ließ die Buchstaben darauf weiß aufleuchten und fing sich auf dem Dach eines Combis, der unter den Fenstern geparkt war. Ich fuhr zu einer der beiden Zapfsäulen und tankte den Jeep und ging in den Laden hinein; Tom stand in der Ecke vor dem Regal mit den Zeitschriften und sprach mit einem Mann, der mir den Rücken zukehrte, als ich durch die Tür trat, das Türglöckchen klingelte leise und beide Männer wandten sich gleichzeitig um und ich erkannte, dass der andere der Schmied war, den ich schon längst einmal wieder auf die Farm hätte bestellen müssen, weil die Hufe der Pferde schon über die Eisen wuchsen und die Hufwände an manchen Stellen abbröckelten und der Strahl gesäubert und das Innere der Hufe ausgeschnitten gehörte. Ich sagte hi und sie sagten how are you doing wie aus einem Mund und ich dachte daran, dass ich Tom herausfordernd hatte ansehen wollen, doch die Art, wie Pat mir entgegensah, als ich auf die beiden zuging, machte mich verlegen, sein Blick war sehr geradeaus und auch ein wenig forschend und so, als wüsste er etwas über mich, das sich meiner Kenntnis entzog, und daher sagte ich nur, dass ich getankt hätte und wie hoch die Summe sei, die Tom anschreiben müsse, und fragte Pat, wann er auf die Farm kommen und die Pferde beschlagen könne. Wir vereinbarten gleich für den nächsten Tag einen Termin und ich sagte have a nice evening und Tom sagte you too und Pat rief mir see you tomorrow hinterher; als das Glöckchen klingelte, kam von weither die Erinnerung an einen kleinen Laden und ein ähnliches Glöckchen, einen Augenblick lang war ich verwirrt und blieb in der Tür stehen, um dem Klingeln nachzuspüren, doch die Erinnerung verblasste und ich machte einen Schritt nach draußen und schloss die Tür hinter mir und dachte, dass es seltsam sei, einen Klang in Amerika wiederzufinden, der zu Deutschland gehörte, und dass ich Tom einmal fragen müsse, woher er das Glöckchen habe. Der Mond schien immer wieder zwischen den Wolken hindurch, und als ich in den Schotterweg einbog, sah ich kurz hoch zu den Wipfeln der Bäume, die im Licht sanft glänzten, und Pats letzter Besuch auf der Farm kam mir in den Sinn und dass er Händels Feuerwerksmusik gehört hatte, und ich dachte, dass ich das nicht brauchen könne, dass hier alles an das Land erinnerte, aus dem ich kam, und warum er nicht Dixie hörte oder Soul oder Blues und mich mit dem zufrieden ließ, was ich doch wohl schon kannte.

Nachdem die Tiere versorgt waren, war ich zu müde, um mich noch um das Päckchen und das nächste Foto zu kümmern, ich fragte Monti stattdessen, wie es ihm ergangen sei, und holte mein Bettzeug und legte mich zu ihm auf den Boden und schlief bald darauf ein. Als ich erwachte, war es noch nicht hell, im blaugrauen Licht des Tagesanbruchs sah ich die dunklen Umrisse des Stuhls und des Tisches und hörte draußen das Trippeln und Poltern des Opossums und richtete mich mühsam auf und ließ Monti ins Freie. Ich machte kein Licht und setzte mich auf den Stuhl und nahm das Päckchen und fühlte darin nach dem Foto, das zuoberst lag, und zog es heraus; ich konnte nicht viel darauf erkennen, weil es noch zu dunkel war, doch ich hielt es trotzdem vor mich hin und dachte, dass ich vielleicht besser und gründlicher seine Botschaft verstünde, wenn sie im zunehmenden Licht langsam auf mich einwirken könnte. Zuerst erkannte ich nur ein paar dunkle Flecken, die den Hintergrund des Bildes ausmachten und langsam zu Büschen wurden, je mehr sich das Blaugrau der Dunkelheit zum fahlen Grau der Morgendämmerung veränderte, es waren gleichmäßig runde Büsche, die aussahen, als habe man sie sorgfältig in Form gestutzt, und davor war ein dunkler Haarschopf auszumachen und das hellere Rund eines Gesichts und der aufleuchtende Fleck der wohl zusammengelegten Hände, sonst hob sich die Kleidung des Mädchens, in dem ich bald mich erkannte, in keiner Weise von der Umgebung ab, in die es gestellt war, vielmehr sah ich, dass es klobige Haferlschuhe trug und eine dunkle lange Hose und einen ebenso dunklen Pullover, dessen hoher Rollkragen den Hals bis zum Ansatz des Gesichts verdeckte. Ich stand vor den Büschen und sah töricht lächelnd in die Kamera hinein und hielt meine Hände linkisch vor meinem Körper gefaltet, so als hätte mir jemand nahe gelegt, dass dies die Art wäre, in der man vor einer Kamera posierte, und ich hätte ergeben gehorcht; mir fiel ein, wie meine Mutter mich immer aufgefordert hatte, mit kleinen damenhaften Schritten und nicht mit weit ausholenden zu laufen und die Füße dabei gerade zu setzen, und wie sie sich bei meinem Vater beklagt hatte, dass ich nur Hosen tragen wolle und nie ein Kleid und dass ich mehr auf den Bäumen zu Hause sei als auf dem Boden, und ganz kurz war da der Blick meines Vaters, in dem etwas Seltsames lag. Gewohnheitsmäßig fuhr meine Hand an meinen Hals und fühlte den derben Stoff des Pullovers, den ich noch vom Vortag trug und der in einem Rollkragen endete, und ich dachte daran, wie Jim darauf bestanden hatte, dass ich mir Blusen kaufte und ein paar Röcke und welche Qual es mich gekostet hatte, mich darin zu zeigen und mein Dekolleté nicht bedeckt zu wissen und meine Beine für alle sichtbar. Es war ein Teil der unausgesprochenen Abmachung zwischen uns gewesen, ich hatte mir seinen Schutz erworben und er sich die Freiheit, mit mir zu tun, was ihm beliebte, ich war noch immer das Mädchen auf dem Bild, das tat, was die anderen wollten. – Ich ließ das Foto sinken und sah mich in meiner Hütte um, es war nun beinahe taghell, ich sah auf den Tisch und das Päckchen und auf den Holzboden und auf das Fenster mit den geschlossenen Vorhängen und auf die Wände, die plötzlich näher auf mich zuzurücken schienen, als wollten sie den Raum, in dem ich war, allmählich verkleinern, bis ich nur noch die Hand auszustrecken brauchte, um sie zu berühren, und ich sprang von meinem Stuhl auf und lief an den Wänden entlang wie eine Maus, die man aufgeschreckt hat und die nun in ihrer Aufregung vergeblich nach einem Schlupfloch sucht und mehrmals daran vorbeihuscht, bevor sie darin verschwindet; endlich fand ich die Tür und stieß sie auf und trat hinaus, es war hell draußen, die Luft war mild und seltsam weich, und oben auf der Spitze des großen Baumes saß ein Vogel und sang.

Die Pferde lagen noch in ihren Boxen und erhoben sich erst, als sie mich an der Haferkiste hantieren hörten; ich nahm die Kelle und schob sie zwischen die glatten Körner und füllte sie und lief damit zum Futtertrog der ersten Box, der von außen erreichbar war, und hielt die Kelle so, dass das Getreide langsam wie auf einem Förderband hineinglitt und dabei ein sanft rauschendes Geräusch machte; ich blieb eine Weile stehen und sah zu, wie das erste Pferd mit weichen Lippen den Hafer aufnahm und mit rhythmischem Mahlen der Kiefer zermalmte, ich hätte noch lange einfach dagestanden und zugesehen, wenn die anderen Pferde nicht mit ihren Hufen gegen die Boxenwände getreten und erst Ruhe gegeben hätten, als auch ihre Tröge gefüllt waren. Die graue Katze strich plötzlich um meine Beine und schnurrte und ich beugte mich herab, um sie zu streicheln, und fühlte, dass ihr Bauch stark angeschwollen war, sie musste schon eine ganze Weile trächtig sein und war so lange verschwunden gewesen, dass ich es nicht bemerkt hatte; ich sagte grey kitty, where have you been und dachte an das Singen des Vogels, das erste in diesem Jahr, und an das Mädchen mit dem Rollkragenpullover und dass das eine mit dem anderen nichts zu tun haben konnte und dass in meinem Bauch einmal Leben gewachsen war wie jetzt in dem der grauen Katze und dass ich nicht verstand, wie das hatte geschehen können, wo ich doch nichts gefühlt hatte, so lange jedenfalls nicht, bis der Fötus abgesaugt war, und auch dann nur den Verlust. Nun fühlte ich mich taub und schwach und entsetzlich traurig und gänzlich unfähig dazu, die Dinge anders als gegensätzlich zu betrachten, da war das Singen des Vogels und die kleine graue trächtige Katze auf der einen Seite und das Mädchen, das sich bedecken musste, damit man nichts von ihm sah, auf der anderen, und es war, als stünde etwas zwischen dem einen und dem anderen, und ich hatte keine Vorstellung davon, was dieses Etwas war.

Als Pat kam, sagte ich how are you doing, es klang kühl und formell und ich spürte, dass ich mich steif und ungelenk bewegte; ich holte ihm ein Pferd aus der Box und band es in die cross ties in der Stallgasse und ging dann in die Sattelkammer und beschäftigte mich dort, bis Händel erklang, die Wassermusik diesmal, und mir der Geruch von verbranntem Horn in die Nase stieg und Pat mich schließlich rief und mir sagte, dass ich ihn das nächste Mal eher bestellen müsse, weil die Hufwände schon zu stark abgebröckelt seien; er sah mich prüfend an, und ich wünschte ihn und seinen Blick und seine Musik auf den Mond oder zumindest weit weg von der Farm, und als Winky und Binky heruntergerannt kamen und laut kläffend um ihn herumtanzten und er für eine Weile sein Werkzeug beiseite legte und ihnen Stöckchen warf und sie streichelte und über ihre hopsenden Sprünge lachte, sagte ich, dass er mich rufen solle, wenn er mich bräuchte, ich hätte noch anderes auf der Farm zu tun.

Ich nahm den Jeep und ließ Monti hineinspringen und fuhr hinaus zur Scheune, um nach dem Rechten zu sehen, doch auch dort war die Musik noch zu hören; ich steckte mir die Finger in die Ohren und überlegte, wo ich Jim am Nachmittag auflauern könnte, dann lief ich zum Grab des Windhunds und sagte ihm, dass ich die Einzige sei, die ihn vermisse, und dass Undank der Welten Lohn sei; es war dies eine Formulierung aus meiner Kindheit, die mir da einfiel und zu der das Bild meiner Mutter gehörte, die in der Wohnung, in der wir nach dem Tod meines Vaters lebten, am Küchentisch saß und auf den grauen Hinterhof und die dort aufgehängte Wäsche blickte, und ich verstand schon damals, dass sie das geräumige Haus mit den vielen Zimmern vermisste und den von einem hohen schmiedeeisernen Zaun umgebenen Garten, den mehrmals in der Woche ein Gärtner versorgte. Ich dachte plötzlich, dass sie das Haus vielleicht mehr vemisste als ihren Mann, doch ich verbot mir sofort, diesen Gedanken weiterzudenken, er hatte etwas Frevelhaftes und Ungebührliches, und ich nahm zur Strafe die Finger aus den Ohren und hörte die Musik und das Wiehern eines Pferdes und das Gekläff der Hunde und wünschte mir den Winter zurück und den Schnee und die Ruhe und dachte, dass im Grunde nichts besser sei, als sich dem Leben zu verschließen.

Als ich zum Stall zurückkam, war Pat weg; er hatte die Hornspäne säuberlich auf einen Haufen gekehrt und in die Sattelkammer eine Liste mit der Aufstellung seiner verschiedenen Arbeitsleistungen gelegt und eine Rechnung daneben und beides mit einem rostigen Hufeisen beschwert, das er in einer Ecke gefunden haben musste; ich stellte es dorthin zurück und ging zu den Pferden und brachte sie auf die Weide und schloss das Weidentor hinter ihnen, und als ich mich umdrehte, rannten Winky und Binky mir entgegen und Monti lief hinter ihnen her und warf mir einen Blick zu, als wolle er sagen sorry, I couldn't help it, but really they aren't that bad. Ich wandte mich ab und ging auf das cottage zu, und Monti kam in ein paar langen Sprüngen zu mir und schob seinen Kopf unter meine Hand, und ich sagte why don't you all leave me alone, der Vogel sang noch immer auf dem Baum, und ich ging in meine Hütte hinein und ließ Monti draußen und sah das Foto auf dem Tisch und tat es mit dem anderen unter das Bett und wärmte mein TV-dinner auf, und als ich mich darüber beugte, fielen ein paar Tränen hinein.

Am Nachmittag kam die Sonne heraus; ich fuhr in die Stadt und sah rechts und links der Straße kein einziges Schneehäufchen mehr, das Land wellte sich braungrün bis zum Horizont, und die weißen Zäune der Weiden hoben sich hell vom Grasland ab. In der Stadt schimmerten die Dächer, die Fenster blitzten in der Sonne, und der Monitor am Safeway zeigte siebzig Grad Fahrenheit an und achtzig Prozent Luftfeuchtigkeit und eine Regenwahrscheinlichkeit von fünfundzwanzig Prozent; die Ziffern waren groß und weithin sichtbar, und es schien mir, als richteten sich die Menschen danach wie nach einer Uhr und sähen in regelmäßigen Abständen zu der Anzeige hinauf, um etwaige Veränderungen umgehend zur Kenntnis zu nehmen, vielleicht hofften sie, dies verliehe ihnen ein wenig Kontrolle über ihr eigenes Leben. Ich sah die weißen Säulen der Rotunda auf dem Hügel aufscheinen und dachte an die Studenten, die sich die university lawn hinauf- und hinunterbewegten, sorglos und jung und anmutig, als tanzten sie im Sonnenlicht einen Reigen und als wäre dieser von den Kolonnaden und den Universitätsgebäuden begrenzte Fleck Erde der Nabel der Welt. Ich fuhr die Jefferson Park Avenue hinunter, die hier über niedrige Hügel führte, sie zog sich grauglitzernd vor mir her wie ein Fluss, auf dem Straßenkreuzer schaukelten wie Boote. Am Kentucky Fried Chicken bog ich ab, ein junger Schwarzer stellte ein paar Stühle heraus und wischte mit einem Lappen darüber;

ich überquerte die Bahnlinie und fuhr Jims Straße bis zu ihrem Ende und wendete und fuhr sie wieder zurück, und als ich mich seinem Haus näherte, kamen sie gerade heraus. Es waren Jim und Laura, sie hielten sich an der Hand und lachten, und Laura warf sich ihre langen Haare mit einer lässigen Geste über die Schulter. Sie trug ein weit ausgeschnittenes enges Kleid und hochhackige Schuhe, und Jim sah sie an, wie er mich sicher gern hätte ansehen wollen, es lag selbstgefälliger Stolz darin, dass er eine Frau wie Laura erobert hatte, die Geld hatte und schön war und sich anmutig bewegte; Laura war die Vermieterin des Häuschens und schon damals immer wieder bei uns erschienen, um uns nach unserem Wohlergehen zu fragen, sie hatte Jim lange dabei angesehen, und ich hatte immer öfter einen Vorwand erfunden, um mich in die Küche oder ins Bad oder in den Garten zurückzuziehen, ich hatte dort gewartet, bis sie wieder fort war, und gewusst, dass Jim dann gereizt sein würde und mit mir würde schlafen wollen, und dass es schnell gehen würde, und dass er sich danach beklagen würde über die Kleider, die ich trug, und die Art, wie ich ging. – Ich stellte den Jeep in eine Parklücke und beobachtete sie, wie sie sich von mir entfernten, Jim ließ seine Hand über ihren Rücken gleiten und hinunter bis über ihren Po, und ich dachte, dass er nun das hätte, was er wohl immer hatte haben wollen, und dass er mich nun nicht mehr suchen müsse und ich in Sicherheit wäre. Jims Hand lag jetzt auf ihrer Pobacke und strich in kleinen Kreisen darüber, und obwohl ich weit entfernt war und im Auto saß, spürte ich, wie ich überall gefühllos wurde und kalt und wie sich eine vertraute Taubheit über mich legte; Laura sah zu ihm hoch und schmiegte sich an ihn und warf erneut ihre Haare über die Schulter und lachte ihm zu, und mit einem Mal war ich mir sicher, dass ich es war, über die sie lachten, und dass sie dieses kleine Schauspiel für mich veranstalteten, weil sie wussten, dass ich im Wagen saß und sie beobachtete, und tatsächlich sah Laura einmal kurz nach hinten und ließ ihr Becken dann beim Laufen in noch offensichtlicherer Weise kreisen als zuvor und steckte ihre Hand in die hintere Tasche von Jims Hose, und ich fühlte, wie mir ob der Demütigung die Röte ins Gesicht schoss und ich in meinem Sitz langsam hinunter rutschte und die Schultern einzog und mich so klein machte wie möglich. Ich wartete, bis sie hinter einem Hügel verschwunden waren, dann wendete ich den Jeep und fuhr die Straße hinunter und bog am Ende in eine andere Straße ein, die ich noch nie entlanggefahren war und die sich in weiten Windungen durch eine Siedlung mit lauter kleinen Studentenhäuschen zog; ich dachte, dass es hier gewesen sein müsse, wo damals eine Frau vergewaltigt worden sei, und ich sah furchtsam nach rechts und nach links, doch die Häuschen lagen harmlos im Sonnenschein, die Fenster standen offen und ich sah, wie sich dahinter hier und dort jemand bewegte. Ich hielt kurzerhand an und stieg aus und lief den Gehweg entlang und versuchte dabei, mein Becken wie Laura kreisen zu lassen; ich hörte meine Stiefeletten klappern und spürte den Sonnenschein auf meinem Gesicht und dachte, dass es leichter ging als erwartet, doch plötzlich wurde mir schwach und schwindlig und meine Beine knickten ein und ich wandte mich um und lief langsam zum Wagen zurück. Ich kletterte auf den Sitz und legte die Arme aufs Lenkrad und meinen Kopf darauf und dachte an Jim und Laura und dass ich nicht wusste, was ich anders machte als sie, und dass es niemanden gab, den ich fragen konnte; nach einer Weile richtete ich mich auf und legte den Gang ein und fuhr so lange weiter, bis ich in die Nähe der downtown mall gelangte und die Straßen wieder erkannte und schließlich auf die Landstraße kam, die zur Farm hinaus führte.

In der Nacht träumte ich von einem riesigen Haus mit mehreren Stockwerken und unzähligen Zimmern und weiträumigen Treppenfluchten; erst war ich in Eile und hastete Treppen hinauf und hinunter und von einem Zimmer ins nächste, als wäre ich auf der Suche nach etwas oder vor irgendetwas auf der Flucht, ich trieb mich unentwegt dazu an, schneller und noch schneller zu laufen, doch immer mehr konnte ich mich des Gefühls nicht erwehren, dass ich zu langsam sei und meine Beine sich nicht nur nicht schnell genug bewegten, sondern immer öfter sogar auf der Stelle traten, es war mir, als zöge ich sie wieder und wieder aus einer Masse, die zäh war wie Karamel; ich weinte, weil mein Bemühen so aussichtslos war und weil es dunkle Nischen am Ende jeden Ganges gab und ich mich vor ihnen fürchtete und so schnell wie möglich daran vorbeirennen wollte und immer dann, wenn ich in ihre Nähe kam, meine Beine sich meinem Willen völlig entzogen und schier mit dem Boden verwuchsen und es mich unendliche Mühe kostete, auch nur einen kleinen Schritt vorwärts zu machen; und ich weinte, weil ich immer wieder Stimmen hörte, als riefen sich Menschen etwas zu, sie klangen weit entfernt wie durch einen dichten Nebel zu mir her, doch wenn ich meinen Mund öffnete, um auf mich aufmerksam zu machen, kam außer einem heiseren Krächzen nichts heraus. Ich wachte auf und sah mich um und dachte, wie froh ich sei, dass meine Hütte klein war und ich von einer Ecke zur anderen nur ein paar Schritte zu gehen brauchte und dass es keine dunklen Nischen darin gab, das Haus im Traum entsprach wohl dem Haus meiner Kindheit, in dem meine Eltern und ich bis zum Tod meines Vaters wohnten. Es hatte viele Zimmer darin gegeben und eine breite Treppe, die vom Parterre ins erste Stockwerk führte, und weiche Teppiche, die jeden Lärm schluckten, und dicke schwere Vorhänge, die bis auf den Boden reichten, und wenn ich mich in der einen Ecke aufhielt und meine Mutter in der anderen und ich sie rief, konnte sie mich nicht hören. Sie selbst hätten zu Hause nur eine kleine Küche gehabt und eine Wohnstube und im ersten Stock das Schlafzimmer der Eltern und das Kinderzimmer daneben, erzählte mein Vater manchmal bei Tisch; er sagte das so, als höbe er gleichzeitig den Zeigefinger und gäbe uns zu verstehen, wie gut wir es hätten, und meine Mutter pflegte erst in einer arroganten Geste die Schultern anzuheben und wieder fallen zu lassen und dann zu nicken und ihre Hand auf seinen Arm zu legen, und ich erinnerte mich, dass ich immer gern in jenem kleinen Häuschen gelebt hätte und dass der Wunsch ja schließlich in Erfüllung gegangen war, nur Jahre später und mit Jim. Es war klein gewesen, unser Haus, und doch war da wieder, wenn ich daran dachte, die Empfindung aus dem Traum, dass es auch dort dunkle Nischen gab und ich nicht an ihnen vorbeikam, und plötzlich meinte ich, so schnell wie möglich die Vorhänge zur Seite schieben und die Tür und die Fenster öffnen und Licht hereinlassen zu müssen, und erst als das Morgenlicht hereinfiel und alle Ecken ausleuchtete, klopfte mein Herz nicht mehr so schnell wie das eines Tieres auf der Flucht.

Ich holte das Päckchen hervor und nahm das nächste Foto heraus. Das Bild war in Farbe und zeigte meine Eltern auf einer Bühne, Blumenschalen waren in allen vier Ecken aufgestellt, und ein paar Herren in Anzügen standen um sie herum. Mein Vater hielt etwas in der Hand, das wie eine Urkunde aussah, er war im Begriff, sie einem der Herren zu überreichen, er lächelte in die Kamera, als wäre er derjenige, der sie bekam, und meine Mutter stand ebenso lächelnd daneben. Sie trug ein schwarzes Kostüm mit großblumigen gelben Rosen darauf und schwarze Pumps, die ihre Beine schlanker aussehen ließen, als sie tatsächlich waren, und ich erinnerte mich, wie mein Vater zu mir gesagt hatte, dass meine Beine schöner seien als die meiner Mutter, und ich sah schnell von ihnen beiden weg und hinüber zur Wand, die die Bühne nach hinten abgrenzte; ich erkannte, dass es die Kurhalle war, in der die Zeremonie stattfand, man hatte die Wand an der Stirnseite mit dunkelblauen großen Tüchern verhängt und ein Rednerpult aufgestellt, an das sicher gleich mein Vater treten und eine Rede halten würde, irgendetwas über Freiheit und demokratische Grundordnung und Stolz auf das Geschaffene, solche Worte gingen ihm leicht über die Lippen, er jonglierte immer so lange mit ihnen herum, bis Beifall einsetzte und er sich in den Blitzen der Kameras verbeugte. Es war dieselbe Halle, in der manchmal Tanzabende veranstaltet wurden und in der mich einmal ein Junge in eine Ecke gedrückt und seine Hand auf meinen Busen gelegt hatte, er hatte gesagt, ich glaube wohl, ich sei etwas Besonderes, weil ich die Tochter des Fabrikanten sei, als ich mich seinem Griff entwandt. Daraufhin hatte er das Gerücht in Umlauf gesetzt, dass ich kalt wie ein Kühlschrank wäre, und als ein wenig später der Tanzkurs begann, hatte es keinen Jungen gegeben, der mich zu seiner Partnerin gewählt hätte, nur einer war übrig geblieben, einer mit fettigen Haaren und einem pickligen Gesicht, der nicht im Takt zählen konnte und mich linkisch und steif über die Tanzfläche schob. Als mein Vater gestorben war, hatte es schwarze Tücher gegeben und Blumenkränze auf der Bühne und mehrere Redner, die stammelnd sagten, dass sein freiwilliger Tod Fragen aufwerfe, auf die man keine Antwort wisse, Blicke waren zu meiner Mutter und mir gegangen, und wir waren bald weggezogen in eine größere Stadt. Wenn mich jemand dort fragte, wo denn mein Vater sei, antwortete ich, dass er sich umgebracht habe, ich sagte nur das und sonst nichts, und später sagte ich einfach, mein Vater sei tot. Ich hatte nur noch ein kleines Zimmer in einer kleinen Wohnung, die ebenerdig in einem Mietshaus lag, es gab eine kleine Diele und das Zimmer meiner Mutter, aus dem ich anfangs das ungewohnte Geräusch ihrer Schritte hörte und später nichts mehr, sie saß tagein, tagaus in ihrem Sessel am Fenster und starrte hinaus, und ich besorgte den Haushalt und ging in eine neue Schule, und bald hörten die Fragen auf und man ließ mich in Ruhe.

Wieder sang der Vogel auf dem Baum, es war immer ein und dieselbe kleine Melodie, die er unermüdlich wiederholte, sie klang klar und rein, ich sah ihn auf dem höchsten Wipfel sitzen, ganz für sich allein und in sein Lied vertieft, und fragte mich, ob er im letzten Sommer schon da gewesen war, doch daran erinnern konnte ich mich nicht. Ich ging zum Stall und fütterte die Pferde, und Mrs Burke kam herunter und wies mich an, die Tiere auf die Weide zu bringen und dann die Boxen leer zu räumen; bevor sie sich umwandte, sah sie kurz zu mir herüber, als ob sie noch etwas sagen oder fragen wollte, sie räusperte sich und öffnete den Mund und schloss ihn wieder und trat noch einen Schritt vor und sah in eine der Boxen hinein und sagte I want it all nice and tidy, dann rief sie Winky und Binky, die um Monti herumtollten, und ging über die Wiese zum Haus zurück. Ich rief ihr Stets zu Diensten mit einer tiefen, heiseren Stimme hinterher, sie zuckte zusammen und blieb kurz stehen und drehte sich um, als ob sie nicht sicher wäre, ob ich sie gemeint hätte, doch sie musste in meinem Blick so etwas wie Aufsässigkeit erkannt haben, denn sie wandte sich mit einer scharfen empörten Bewegung ab und stieg steif und gekränkt die Treppe empor. – Ich brachte die Pferde auf die Weide und fuhr den Traktor mit dem Anhänger rückwärts bis knapp vor die Tür der ersten Box und nahm die Mistgabel und belud sie mit Dung und schleuderte ihn mit geübtem Griff auf den Anhänger und dachte an meine Mutter und wie sie es gehasst hatte, in einer Kleinstadt zu leben, in deren Außenbezirken sich ein Bauernhof an den anderen reihte und in deren Umgebung man nichts fand als Wiesen und Felder. Sie selbst war aus gutem Hause und an Reichtum gewöhnt und an hohe Stuckdecken und Empfänge, und sie sorgte dafür, dass ich meine Großeltern väterlicherseits nie kennen lernte und nicht einmal erfuhr, wo sich das Dorf befand, in dem sie wohnten. Ich hielt für einen Moment im Schaufeln inne und sah die Kleinstadt vor mir und den hohen gotischen Kirchtum der katholischen und den schmucklosen niedrigen der evangelischen Kirche an den jeweils entgegengesetzten Enden des Marktplatzes und die mächtige Linde und den Brunnen darunter und die kleinen Geschäfte, an deren Türen Glöckchen klingelten, wenn man sie betrat, und in denen man kleine Treppchen hinaufsteigen musste, um in die dunklen, muffigen Verkaufsräume zu gelangen, in denen klatschsüchtige Frauen meinen Vater oder meine Mutter mit Ehrerbietung bedienten. Ich hörte noch das Schlagen der Turmuhr und dann, ganz woanders, ein Bellen und das Knirschen von Rädern auf Kies; ich fasste die Mistgabel fester und sah aus der Box hinaus und erkannte das Auto des Postboten, der Mrs Burke einen Brief überreichte, Mrs Burke ging ins Haus und kam gleich wieder heraus und drückte dem Postboten etwas in die Hand, dann hörte ich ihr lautes thank you very much und dachte, dass sie eine gute

Nachricht erhalten haben müsse, und tatsächlich kam sie gleich darauf zu den Stallungen herunter. Sie sagte, dass ihre Tochter sie nach Toronto eingeladen habe und sie für ein paar Tage verreisen werde und dass ich mich in dieser Zeit um alles kümmern müsse, auch um Winky und Binky, in zwei Tagen schon fliege sie ab, sie sah auf kindliche Weise glücklich aus, und als sie sich umwandte und zu ihrem Haus hinaufging, war ihr leichtes Hinken verschwunden. Ich sah ihr nach und konnte erst nicht entscheiden, ob es mir gelegen kam oder nicht, dass ich eine Weile allein sein würde; ich würde Jim ungestört beobachten können und niemand würde da sein, um mir Anweisungen zu geben, doch dann dachte ich an die Nächte allein und dass mich niemand hören würde, wenn mir etwas geschähe, und dass da kein Licht wäre in ihrem Haus und auch sonst ja weithin keines, nur die Sterne und der Mond oder die Wolken, die auch diese verdeckten. – Ich lud den Anhänger voll und fuhr zum Dungplatz hinaus und lud ihn ab, und ich fühlte, wie die Angst wieder kam und ganz allmählich von mir Besitz ergriff, da half es auch nichts, dass ich mir sagte, dass Jim mit Laura beschäftigt wäre und mich sicherlich in Ruhe lassen würde, sie schien vielmehr allgemeineren Ursprungs und von noch bedrohlicheren Ausmaßen als angenommen und versetzte mich in einen Zustand immer größer werdender Aufregung, so als sollte in Kürze etwas Schreckliches geschehen, was die Vernichtung meiner selbst zum Ziel hätte und dem ich machtlos ausgeliefert wäre. Die Erinnerung an den Traum kam wieder und das Gefühl, davonrennen zu wollen und meine Beine nicht aus der zähen schleimigen Masse befreien zu können, und ich dachte, dass ich Mrs Burke bitten müsse hierzubleiben, und stieg von dem Anhänger hinunter und startete den Traktor und fuhr vor ihr Haus und klopfte an ihre Tür; doch als sie vor mir stand und what do you want, I'm busy sagte und in Gedanken schon in Toronto bei ihrer Tochter schien, fragte ich nur, ob sie mir den Schlüssel zu ihrem Haus zu geben gedenke. Sie sagte, dass sie das Haus wie immer offen ließe, weil die Hunde ja darin wohnten, und dass ich sie regelmäßig hinauslassen solle und dass sie mir eine Liste mit den Besorgungen, die zu machen seien, auf den Küchentisch legen werde; dann sagte sie, dass sie zu tun habe und ich mit dem Ausmisten fortfahren solle, und ich wandte mich um und sie schloss die Tür. Im Stall nahm ich mir die nächste Box vor und danach die dritte, in der Hoffnung, dass die harte Arbeit mich müde machen und die Angst in den Hintergrund treten lassen würde, doch sie stülpte sich über mich wie das Netz eines Häschers über sein Opfer, und es gab kein Entrinnen. Am Nachmittag fuhr ich wieder in die Stadt und parkte in der Tiefgarage an der downtown mall und setzte mich in das Café, in dem ich Mrs Burke damals angetroffen hatte; ich sah auf die rötlichen Klinkersteine hinaus und auf den Rücken eines Bettlers, der seine Weinflasche neben sich gestellt hatte und aus dessen Hosenbein ein schmales Rinnsal lief, und es dauerte nicht lange und zwei Polizisten kamen herbei und zerrten ihn hoch und führten ihn weg. Jim trat aus einem Haus schräg gegenüber und lief mit langen lässigen Schritten die mall hinunter; er winkte einem der beiden Polizisten zu und straffte die Schultern, er wirkte sehr groß und breitschultrig und die niedrigen Gebäude neben ihm wirkten sehr klein, und einen Augenblick lang erwog ich, zu ihm hinzulaufen und mein Seidentuch im Gehen abzustreifen und den Lippenstift wegzuwischen und mich vor ihn hinzustellen und zu sagen Jim, please, I need your help, weil mir der Gedanke unerträglich war, auf die Farm zurückzufahren, doch er hob seine Hand und zog den Hemdkragen hoch und ließ sie wieder sinken und spitzte die Lippen und pfiff ein Lied, und ich stieß die Luft aus und wartete noch, bis er in seinem Laden verschwunden war, dann stand ich auf und bezahlte meine Rechnung und ging in die Parkgarage zurück.

Es war dunkel darin und die Luft war dumpf und ich lief zu dem Parkdeck, auf dem ich den Jeep geparkt zu haben glaubte, doch ich konnte ihn nirgends sehen; eine schwach beleuchtete Treppe führte aufs nächste Parkdeck, aber auch da war er nirgends und nicht auf dem nächsten, und wieder kam die Erinnerung an den Traum und das große Haus, in dem ich verloren war, weil ich nicht vorwärts kam und den Ausgang nicht fand; ich hastete zwischen den geparkten Wagen hindurch, die Luft wurde mir knapp, und ich dachte, dass zwischen Boden und Decke der jeweiligen Parkebene zu wenig Raum sei und die Betonplatten schwer auf den Pfeilern lasteten, zu schwer, und dass sie unter dem Gewicht all der Wagen in Kürze einbrechen würden, vielleicht erst an einer Stelle und dann an einer weiteren und schließlich genau da, wo ich mich befand. Ich zwang mich weiterzulaufen, Schritt für Schritt, die Zahlen und Buchstaben auf den Nummernschildern leuchteten geisterhaft wie Hieroglyphen aus dem Halbdunkel zu mir her, als enthielten sie eine Botschaft, die es zu entschlüsseln galt und die mir den Weg weisen würde zu meinem Jeep, dessen Nummer mir zu meinem Schrecken entfallen war; schließlich zog ich vor dem nächstbesten Geländewagen meinen Schlüssel heraus und versuchte, ihn in das Schlüsselloch zu stecken, und als er nicht passte, tat ich dasselbe mit dem nächsten und übernächsten, doch immer war der Schlüssel zu groß oder zu klein, entweder er ließ sich gar nicht einführen oder verhakte sich gleich und ließ sich nur unter Schwierigkeiten wieder herausziehen und ich musste fürchten, ihn abzubrechen; meine Bewegungen wurden fahriger und zittriger, so dass ich schließlich den Schlüssel gar nicht mehr in die Öffnung bekam und hilflos weinend stehen blieb, und als ich so dastand und mich nicht mehr bewegte, waren mit einem Mal Geräusche zu hören, das einer zufallenden Autotür und eines schreienden Kindes und eines aufheulenden Motors, und dann erkannte ich auch den Jeep und steckte den Schlüssel ins Schloss und öffnete die Tür und setzte mich hinein. Ich fuhr aus der Parkgarage hinaus und ordnete mich in den fließenden Verkehr ein und war bald auf der Straße zur Farm; die Sonne versank dunkelrot hinter den Bergen der Blue Ridge und die Wälder färbten sich schwarz und ich dachte, dass Mrs Burke nun bald abreisen würde und dass ein letztes Foto auf mich wartete und sah plötzlich einen dicken Vogel auf mich zufliegen, er prallte gegen die Windschutzscheibe und flatterte noch einmal kurz auf und blieb dann auf der Kühlerhaube liegen, das Gefieder sträubte sich im Fahrtwind, es war erdigbraun und an manchen Stellen weißlich gesprenkelt. Eine dünne Blutspur rann über die Scheibe und ich stellte den Scheibenwischer an und drückte auf den Knopf, der die Spritzanlage betätigte, für einen Augenblick lang verschwanden der Vogel und die Kühlerhaube und die Straße hinter einem Schleier aus Blut und Wasser und Schmutz, doch dann sah ich alles noch klarer als vorher, das gebrochene Auge und den schwarzen Flaum am Hals und die Schwanzfedern, die sich im Wind spreizten. Ich bremste ruckartig ab und fuhr ebenso wieder an und wiederholte das Ganze so oft, bis der Vogel von der Haube hinuntergeglitten war; im Rückspiegel sah ich seinen schweren kleinen Körper auf der Straße liegen, es war fast dieselbe Stelle, an der damals das tote Stinktier gelegen hatte, nur diesmal gab es keinen Gestank, nur einen dunklen Fleck auf der Kühlerhaube des Jeeps. Auf der Farm stellte ich den Wagen ab und lief zum cottage hinunter und ließ Monti heraus und zog den Mantel und die Schuhe aus und Turnschuhe an und rannte mit Monti hinunter zum Fluss; ich wusch mir die Hände und das Gesicht, und als ich mich aufrichtete und umwandte, stand in einiger Entfernung ein wilder Hund und starrte mich an. Er war groß und dünn und erinnerte mich an die Hunde der mountain folks, die ich freigelassen hatte, und als er mit einem geschmeidigen Sprung im Unterholz verschwand, rief ich Monti an meine Seite und nahm ohne bestimmte Absicht die Verfolgung auf. Ich rannte den Pfad am Fluss entlang und hörte, wie es seitlich in den Büschen knackste und wie

Monti zu bellen begann; ich dachte, dass es das Beste wäre, einfach zu rennen wie ein Hund und die Lungen japsend mit Luft zu füllen und die Zweige unter meinen Tritten brechen zu fühlen, besser jedenfalls, als daran zu denken, ob das letzte Foto noch vor Mrs Burkes Abreise anzusehen wäre oder ob ich damit warten sollte, bis sie zurück wäre, doch als ich völlig außer Atem und mit Monti an meiner Seite wieder am cottage ankam, stand sie davor und blickte mir kopfschüttelnd entgegen und wies mich in barschem Ton darauf hin, dass ich noch viel an diesem Tag und am nächsten zu tun hätte, ich sah die Vorfreude in ihren Augen und dachte it's too late, she's already gone.

Ich half ihr beim Packen der Koffer und beim Aufräumen des Hauses und ließ mir telefonisch ihren Flug bestätigen und richtete ihr ein paar Sandwiches für die Reise, und die ganze Zeit arbeitete sie in meiner Nähe, aber sie sprach nicht viel. Sie sagte nur Joanna, don't forget to feed the dogs und whenever there is a problem with the horses contact the vet, nur einmal hielt sie inne und sah mich an und sagte my daughter is about your age und lächelte knapp, und ich sagte is she und arbeitete weiter. – Am nächsten Morgen fuhr ich sie in die Stadt und zum Bahnhof und wartete, bis sie in ihren Zug eingestiegen war, sie setzte sich in ihrem Abteil ans Fenster und sah einmal kurz zu mir heraus und wandte sich dann ab und winkte auch nicht, als der Zug abfuhr. Ich blieb noch eine Weile am Bahnsteig stehen und lauschte den Lautsprecheransagen und schaute auf die große Uhr, deren Zeiger sich langsam und unerbittlich über das Zifferblatt schoben, auf den Bänken saßen ein paar Reisende und hatten eine Zeitung vor sich, und am Ende des Bahnsteigs stand ein junger Mann und winkte noch immer, obwohl der Zug schon längst hinter einer Biegung verschwunden war. Ich drehte mich um und ging die Treppen hinunter und auf den Vorplatz hinaus und stieg in meinen Jeep, der Geruch von Mrs Burkes Parfum hing noch leicht in den Sitzen, und auf der Landstraße roch es leicht nach skunk. Es war kein anderes Auto unterwegs, die weißen Zäune blinkten im Sonnenlicht und ich sah Pferde auf den Weiden grasen, und als ich in den Schotterweg einbog, hielten die hohen Bäume die Sonne zurück, und ihre Wipfel beugten sich dunkel zu mir herab. Ich stellte den Jeep ab und stieg aus und ging zur Hütte hinunter und ließ Monti nach draußen und nahm das Päckchen in die Hand und zog das letzte Foto heraus. Es war ein Bild meines Vaters, es sah wie ein vergrößertes Passbild aus, ich warf nur einen kurzen Blick darauf und legte es gleich wieder in das Päckchen zurück, und dann öffnete ich die Tür und lief zum Stall hinauf, um die Pferde zu füttern, doch auf halbem Weg blieb ich stehen, nicht aus eigenem Antrieb, sondern weil es mir mit einem Mal unmöglich war, auch nur einen Schritt weiter zu gehen, ich stand da und bewegte mich nicht und wandte mich doch schließlich um und ging, wie eine Marionette an Fäden gezogen, mit seltsam starren Bewegungen zur Hütte zurück. Ich nahm das Foto wieder heraus und zwang mich, es genauer anzusehen, die Ecken waren hell ausgeleuchtet und die fotografierte Person kontrastierte dunkel mit dem Untergrund; ich sah die wattierten Schultern und den Krawattenknoten und den Hals und die Wangen und die Stirn und die kurzgeschnittenen Haare und die breite Nase und konstatierte, dass die Haut meines Vaters sehr großporig war, dann legte ich das Foto wieder zurück und setzte mich hinaus auf die Schaukel und nahm das Taschenmesser und ritzte damit auf den Armen über meine Haut. Das Blut trat in dünnen Fäden heraus und bildete auf meinem Arm ein Muster und ich ritzte weiter; als Monti kam und an meinem Arm schnupperte, hob ich meinen Fuß und gab ihm einen Tritt, dass er aufjapste und winselnd davonlief. Ich stand wieder auf und ging erneut in das cottage und nahm das Foto wieder heraus, und diesmal sah ich auf den Mund und dann hinauf zu den Augen, die mich ansahen und da festnageln wollten, wo ich stand, und noch bevor sich mein Körper vereiste und taub und gefühllos wurde, wie immer, wenn mein Vater mich ansah, kam die Erinnerung, da war ein dunkler Schatten in der Türfüllung, der sich langsam näherte und auf mich einsprach, als ich zurückwich und schließlich nicht mehr zurückweichen konnte, weil hinter mir die Wand war, und da war der Mund, in dessen Winkeln Speicheltröpfchen blitzten, und diesmal schrie ich, wie ich auch damals geschrien haben mochte, doch das Haus war so groß, und es war niemand da, der mich hörte.

Ich schrie, bis ich nicht mehr konnte, und als ich nur noch leise wimmerte, hörte ich vom Stall her ein lautes Klopfen; es kam wie von weit her, und ich war zu müde, um ihm eine Bedeutung beizumessen, doch es wurde immer lauter und dringlicher, und schließlich erhob ich mich mühsam und ging hinaus. Es war der Braune, der die Hufe gegen die Boxwand schlug, sein Leib war gebläht, und Bäche von Schweiß liefen an seinen Seiten herunter. Ich holte ein Halfter und ging zu ihm hinein und halfterte ihn auf und führte ihn hinaus; er schien entsetzliche Schmerzen zu haben und wollte keinen Schritt gehen, doch ich zog ihn unbarmherzig vorwärts, ich dachte, das ist eine Kolik und wir müssen einen Schritt machen und noch einen und noch einen, und er schleppte sich dumpf und qualvoll dahin. Seine Augen quollen hervor, er keuchte und schlug seinen Schweif gegen die Flanken, und wenn er stehen blieb, schrie ich ihn an und zerrte an seinem Halfter, und als ich an einem Busch vorbeikam, riss ich einen Zweig ab und peitschte ihn im Gehen; ich führte ihn die Auffahrt hinunter und wieder zurück, es war eine Ewigkeit, die verging, doch allmählich wurden seine Atemzüge leichter, er schritt besser aus, und schließlich blieb er stehen und hob den Schweif und kackte, und ich brachte ihn in den Stall zurück und rieb seine Flanken mit Stroh, bis sie trocken waren, dann stellte ich das Wasser ab und räumte die Raufe leer, und als ich die Box verließ, stand er ruhig und friedlich in einer Ecke und sah mich an. Ich dachte an den Schatten in der Türfüllung und dass es da noch einen Brief gäbe, der an mich gerichtet war, und dass ich ihn jetzt öffnen müsse, und ich ging wieder ins cottage und nahm ihn aus dem Päckchen heraus; liebe Johanna, stand darin, ich bitte dich um Vergebung, dein Vater, und ich dachte, ist das alles, und dann verstand ich plötzlich, dass ich nun einen Grund kannte, aus dem er sich das

Leben genommen hatte, und ich setzte mich auf die Schaukel und schob das Taschenmesser beiseite und weinte und weinte, und als Monti kam und seinen Kopf unter meine Hand schob, schlang ich meine Arme um seinen Hals.

Als das Weinen verebbte, fühlte ich mich schwach und durchsichtig und zerbrechlich, als wären meine Knochen aus bröseligem Material und meine Haut spanne sich dünn darüber. Ich stand auf und schwankte ein bisschen und sagte zu Monti, dass ich nach dem kranken Pferd sehen müsse und ob er mit mir kommen wolle, er sprang erfreut vor mir her und brachte mir einen Stock und ließ ihn dicht vor mir fallen, und als ich ihn warf, setzte er ihm in großen Sprüngen nach. Der Braune stand ruhig in seiner Box, sein Fell war trocken, und er wieherte leise, als er mich sah; ich brachte ihm ein wenig Heu und lockerte es auf und erklärte ihm, dass er Wasser erst in einer Stunde bekommen könne und den Tag im Stall verbringen müsse, dann ließ ich die anderen auf die Weide und schloss das Weidentor und schaute ihnen eine Weile beim Grasen zu. Ich spürte, dass ich hungrig war, es war nicht wie sonst das leise Nagen im Bauch, das mich immer bewogen hatte, ins cottage zu laufen und eines oder zwei jener schlabberigen Brote, die Tom im Laden verkaufte, aus der Verpackung zu ziehen und zu essen, sondern es war ein tiefes, gewaltiges Hungergefühl, als wäre in mir ein großes Loch, das es zu stopfen galt, und ich öffnete zwei Dosen mit baked beans und wärmte sie auf und tat sie auf einen Teller und setzte mich damit auf die

Schaukel hinaus. Es war Mittagszeit, die Sonne stand über der Hütte, und ich dachte, dass ich in den nächsten Tagen auf der Farm bleiben und meine Arbeiten verrichten würde, ich würde mich nur langsam bewegen und einen Schritt vor den anderen setzen, als wäre in mir etwas, das ich keinen Erschütterungen aussetzen dürfte und hegen müsste, und als ich mit dem Essen fertig war, trug ich den Teller in die Küche und wusch ihn ab und fütterte Monti, und dann ging ich zu Mrs Burkes Haus hinauf. Ich ließ die Hunde ins Freie und füllte ihre Näpfe auf und gab ihnen frisches Wasser; als ich mich in der Küche umsah, bemerkte ich, dass Mrs Burkes Frühstücksgeschirr noch in der Spüle stand, ich ließ heißes Wasser darüber laufen und wusch den Teller und die Tasse mit einem Schwamm und stellte sie auf die Ablage, dann putzte ich die Kacheln und den Herd und wischte den Tisch und kehrte den Fußboden, und als ich damit fertig war, ging ich zum Hühnerstall hinaus. Ich fütterte die Hühner und holte ein paar Eier aus den Nestern und dachte, dass ich schon lange kein Rührei mehr gegessen hätte und dass ich das irgendwann tun könnte, und als ich das Törchen hinter mir zuzog, fiel mir ein, dass Hühner Brennnesseln lieben, und ich lief zur Sattelkammer und zog mir einen Handschuh an und riss hinter dem Stall ein paar große Pflanzen heraus. Ich brachte sie den Hühnern, die aufgeregt gackerten und sich um die besten Blätter stritten, sie hüpften lebhaft auf und nieder und pickten einmal hier, einmal dort auf den Brennnesseln herum, sie sahen ein wenig dümmlich aus mit ihrem hin und her schaukelnden roten Kamm und den seltsam gebogenen Krallen, mit denen sie unentwegt auf dem Boden scharrten. Auf dem Weg hinüber zum Stall fiel mir auf, dass überall kleine Äste auf dem Rasen lagen und noch hier und da bräunliches Laub vom letzten Herbst, und ich holte mir einen Rechen und begann, mit langsamen, systematischen Bewegungen die Blätter und Äste zusammenzurechen; die Grasspitzen waren schon hellgrün und bogen sich unter dem Rechen wie Haare unter einem Kamm. Unten im Stall streckte der Braune seinen Kopf zur Boxentür hinaus und wieherte immer wieder, bis er Antwort von der Herde bekam; es tat mir leid, ihn für einen Tag im Stall lassen zu müssen, und so ging ich zu ihm hin und sprach beruhigend auf ihn ein und klopfte ihm den Hals. Ich stellte seine Selbsttränke wieder an und sah zu, wie er in langen durstigen Zügen trank; er hob dazwischen immer wieder den Kopf und horchte auf das Wiehern der anderen, und das Wasser troff ihm zwischen den Lefzen heraus. Ich tat noch ein wenig mehr Heu in eine Ecke der Box und strich ihm über die Flanken, die sich mit den Atemzügen regelmäßig senkten und hoben, das Fell war trocken und kräuselte sich in kleinen Wirbeln unter meiner Hand, und der Leib war wieder entspannt gerundet und nicht mehr gebläht. Draußen rief ich die Hunde und streichelte erst Monti, dann beugte ich mich zu den Terriern hinunter und ließ sie an meinen Beinen hochspringen und streichelte auch sie, doch Monti drängte sich zwischen mich und sie und schob seinen Kopf unter meine Hand, und ich sagte silly dog und lachte ihn aus. Ich nahm mir vor, nach einer kleinen Pause noch die Rasenfläche auf der anderen Seite des Hauses zu rechen und die Auffahrt zu harken; ich zog mir einen Heuballen an die Stallwand neben die Boxentür des Braunen und ließ mich darauf nieder und schloss die Augen und fühlte die Sonne warm auf meinem Gesicht. Schwarze und gelbe Flecken tanzten über meine Augäpfel, ich spürte die weichen Lippen des Pferdes über meinen Nacken und meine Schulter gleiten und döste eine Weile und träumte von gelbschwarzen Schmetterlingen, die über einer Wiese auf und nieder gaukelten, und als ich meine Augen wieder aufschlug, war die Sonne hinter dem Stalldach verschwunden. Ich rechte den Rasen und harkte die Auffahrt und holte die Pferde von der Weide und brachte sie in den Stall zurück; ich tat bei allen außer dem Braunen Kraftfutter in die Tröge, und als ich den Stall verließ, brach die Dämmerung herein. In der Küche holte ich mir ein Glas Wasser und setzte mich auf die Schaukel und stieß mich leicht mit dem Fuß ab, so dass sie leise quietschend hin- und herschwang, ich dachte an nichts und saß noch da, als die Nacht einfiel und das Opossum herbeilief, um nach Futterresten zu suchen. Ich hielt Monti am Halsband zurück und beobachtete das Opossum, wie es in seinem Napf schnupperte und schmatzte und immer wieder wachsam mit gelb glitzernden Augen um sich sah, doch da ich mich nicht rührte, sprang es erst davon, als der Napf leer war. Ich legte meinen Kopf in den Nacken und sah in die Baumkrone hoch, durch die die Mondstrahlen fielen, in der Ferne schrie ein Käuzchen, ein Fuchs bellte irgendwo unten am Fluss, und über mir huschten Fledermäuse pfeilschnell durch die Luft. Als ich spürte, wie sich eine wohlige Müdigkeit auf mich legte, stand ich leise auf und ging in meine Hütte hinein; ich legte mich in mein Bett und schloss die Augen und driftete langsam in den Schlaf, und erst am Morgen kamen die Träume. Es war wieder das Gesicht von Jims Vater, das näher kam, wieder waren da Spucketröpfchen in den Winkeln zwischen wulstigen feuchten Lippen, und dann wurde aus dem Gesicht von Jims Vater das Gesicht meines eigenen Vaters, und als es so nahe war, dass es vor meinen Augen verschwamm, bäumte ich mich auf und schwang mich zur Seite, und dann war da ein Krachen, und als ich mich umsah, lag ein mannshohes tönernes Gefäß auf dem Boden und war in lauter Scherben zersprungen. Ich krabbelte auf allen vieren herbei und nahm die Scherben in die Hand und setzte sie wieder zusammen; ein Sockel erstand unter meinen Händen und eine Büste kam darauf, es war der Kopf eines ägyptischen Gottes mit dicken geschwungenen Lippen, und ich stellte das Standbild in eine Ecke des Raumes und holte etwas Heu aus einem Sack und legte es ihm vor. Es dauerte eine Weile, bis ich erkannte, dass es das Heu nicht fraß, weil es aus Stein war und keinen Atem hatte und auch keine Zähne, und dass die Lippen nichts hereinließen und nichts heraus, sondern auf ewig aufgeworfen blieben im Stein, also stopfte ich das Heu zurück in den Sack und schulterte ihn, und dann stand ich eine Weile, weil ich nicht wusste, wie es nun weiterginge und was als Nächstes zu geschehen hätte, nur dass ich irgendwo etwas vergessen hatte, dessen war ich mir sicher. Ich trat auf das Standbild zu und betrachtete es von allen Seiten und sah die Fugen zwischen den Scherben, ich dachte, dass es unbefriedigend sei, diesen Zustand zu belassen, und dass ich zwei Möglichkeiten hätte, entweder das Standbild zu kitten oder einen Hammer zu holen und es kaputtzuschlagen, und weil der Sack mit dem Heu auf meinem Rücken auf einmal schwer wurde und drückte und mich nach hinten zum Boden zog, wusste ich mit einem Mal, dass mich die Kräfte bald verlassen würden und die Zeit nicht mehr ausreichte, um das Standbild neu erstehen zu lassen, und so kroch ich in die entgegengesetzte Ecke des Raums und holte einen Hammer und kehrte damit zu dem Standbild zurück. Ich hob die Hand und ließ den Hammer niedersausen, und durch das Gewicht des schweren Hammers und das Gewicht des schweren Sacks stand ich nun im Gleichgewicht, ich schlug und schlug, bis der Boden bedeckt war mit kleinen und kleinsten Scherben, und dann holte ich einen Rechen und rechte sie zu einem Häufchen zusammen. Ich nahm mir den Sack von den Schultern und holte das Heu heraus und lockerte es auf und baute daraus ein Lager, auf das ich mich bettete; ich sah auf das Häufchen am Boden und dachte noch, dass ich es auf eine Schaufel kehren und wegbringen müsse, weil von draußen eine Stimme I want it all nice and tidy rief, doch dazu hatte ich keine Zeit mehr, denn da wachte ich auf.

Ich stand auf und fühlte mich leicht und beschwingt und öffnete die Tür und trat in die Nacht hinaus. Am Himmel glitzerten die Sterne, es war kühl, und ein frischer Wind bewegte die Spitzen der Bäume. Oben am

Stall setzte ich mich leise auf den Heuballen und lauschte dem tiefen Schnaufen der Pferde; aus der Sattelkammer kam ein schwaches Geräusch, so als spränge ein leichter Körper aus größerer Höhe auf den Boden herab, und als ich zur Türe hinsah, die ich immer einen Spaltbreit offen ließ, dass die kleine graue Katze an ihr Futterschälchen herankam, strich sie lautlos am Türbalken vorbei und auf die Stallgasse hinaus. Sie stockte kurz und kam dann schnurrend herüber und drückte sich an meine Beine, ihr Leib war wieder dünn, und als sie in ein paar Sätzen zur Sattelkammer zurücksprang, stand ich auf und folgte ihr hinein. Ich schaltete das Licht ein und sah, dass sie ihre Jungen auf dem Haufen alter Pferdedecken, der in einer Ecke aufgeschichtet war, zur Welt gebracht hatte; ich lief zu den Kätzchen, die noch blind waren und sich dicht aneinander drängten, und strich über ihre zarten kleinen Körper und sagte congratulations, grey kitty, you've done an incredible job, und dann lehnte ich mich an einen der Sättel und betrachtete sie alle und dachte an das kleine Wesen, das ich einmal in meinem Bauch getragen hatte, es musste halb so groß gewesen sein wie die kleinen Kätzchen jetzt, als man es herausgeschabt hatte, ich stellte mir vor, wie ich es zur Welt gebracht und auf die Farm mit herausgenommen und versorgt hätte, und ich rannte auf die Stallgasse hinaus und stellte mich vor den Heuballen und trat mit dem Fuß so oft dagegen, bis er schmerzte und das Heu in kleinen Büscheln über den Boden wehte. Ich rannte die Auffahrt hinauf und schrie nothing is going to be nice and tidy, you crazy old bitch, und schüttelte die Faust gegen Mrs Burkes Haus, ich lechzte danach, einen Hammer in meiner Hand zu spüren und auf etwas einzuschlagen, und der Gedanke, dass mein Vater sich still und heimlich aus meinem Leben gestohlen und meine Wut und meine Rache nicht abgewartet hatte, ließ mich aufheulen in einer Weise, dass selbst mir das Blut in den Adern gefror. Ich rannte zum Stall zurück und schlug meinen Kopf gegen die rückwärtige Mauer, bis er mehr schmerzte als der Aufruhr in meinem Innern und das Blut von meiner Stirn herabtropfte und bis Monti winselnd herbeigelaufen kam und mir die Hand leckte und ich schließlich aufsah zu den gläsern glitzernden Sternen und dachte it's done and it's over, was geschehen ist, ist geschehen, und dann war in mir nur noch Ruhe.

Am Morgen schien wieder die Sonne; Tautropfen hingen in den grünen Grasspitzen, und als ich oben vor dem Stall stehen blieb und zu meinem cottage hinuntersah, lag ein leichter hellgrüner Schimmer über dem großen Baum. Ich fütterte die Pferde und ging in die Sattelkammer zu den Kätzchen und sah zu, wie die grey kitty sie säugte; die Sonnenstrahlen fielen schräg durch das Fenster und wärmten ihr Fell, Staubflocken tanzten durch die Luft, und wenn ich ganz still saß und mich nicht bewegte, hörte ich das leise Schmatzen, das die Kätzchen beim Saugen machten. Sie traten mit ihren Pfötchen rhythmisch gegen den Bauch der Mutter, die ruhig dalag und die Augen halb geschlossen hielt und nur manchmal ein wenig zuckte, wenn die Kleinen zu stürmisch an ihren Zitzen rissen. Ich füllte ihren Futternapf und stellte eine Schüssel mit Wasser daneben und strich beim Hinausgehen über das weiche, noch leicht feuchte Fell der kleinen Kätzchen, es waren vier, drei graue und ein schwarzes, und ich dachte, dass ich ihnen Namen geben müsse, und da fiel mir auf, dass ich auch die Pferde nie bei Namen nannte, ich ging auf die Stallgasse und von Boxentür zu Boxentür und las Fairbanks und Hopscotch und Cinderella und C. A. und Buck und Lady und McDougal und Holly und rief von jedem den Namen in das Halbdunkel des Stalles hinein. Ich trat in die Box des Braunen und sagte hello, Hopscotch, how is everything this morning, und er stellte die Ohren und hob den Kopf aus dem Heu und sah mich an. Eine helle Blesse verlief unregelmäßig über seiner Stirn, zur Hälfte von dunklem Mähnenhaar verdeckt, er sah spitzbübisch aus und ein wenig sonderlich mit seinem breiten Kopf und den Heuhalmen, die ihm links und rechts aus dem Maul hingen, und ich sagte how come I never really looked at you und trat auf ihn zu und klopfte ihm den Hals. Ich dachte, dass es Wochen dauern würde, bis ich mir ihr Aussehen eingeprägt hätte, und dass ich langsam vorgehen würde und dass dies für den Augenblick wichtiger wäre, als Jim hinterherzufahren, ich würde sie schließlich so gut kennen, dass ich mit geschlossenen Augen tastend einen Fesselkopf berühren und sagen könnte, welches Pferd es sei, das ich vor mir hatte. – Vor den Stallungen sah ich zu Mrs Burkes Haus hinauf, in dessen Fenstern sich die Morgensonne fing, und hörte selbst von hier unten die Hunde hinter der geschlossenen Tür winseln; ich ging hinauf und ließ sie heraus und öffnete alle Fenster und die Vordertür, so dass ein kühler Luftzug durch die Räume strich. Im Hühnerstall öffnete ich den Verschlag und streute den Hühnern Körner hin und holte die Eier aus den Nestern und rechte das Stroh zusammen und brachte es mit der Schubkarre fort; ich säuberte die Stange, auf der sie nachts saßen, und streute neu ein und wischte die Spinnweben weg, die in den Ecken hingen. Dann ging ich hinaus und holte das Körbchen, in das ich die Eier getan hatte, und legte sie wieder in ihre Nester zurück; ich stellte mir vor, wie die Küken sich durch die Schale picken würden und was Mrs Burke sagen mochte, wenn sie eine Schar kleiner flaumiger Bälle in ihrem Hühnerstall vorfände, ich dachte I don't think she'd care und dass ich den Auslauf vergrößern müsste und bald mit der Arbeit beginnen sollte. Im Stall öffnete ich die Boxentüren und ließ die Pferde auf die Weide; ich sagte have a nice day out there zu Lady und don't overeat zu Hopscotch, und dann sagte ich dasselbe auf deutsch, und da die Pferde sich schon grasrupfend entfernten, rief ich laut hinter ihnen her, und es war seltsam, wie die Laute klangen. Ich rief Monti, Frühstück, er legte den Kopf schief und wedelte zögernd mit dem Schwanz und folgte mir in das cottage, und ich nahm ein paar der Eier vom Vorabend und schlug sie in eine Pfanne und verquirlte sie und gab Salz hinzu, dann bestrich ich ein Brot mit Butter und gab die Eier darauf und legte alles auf einen Teller und nahm ihn mit auf die Schaukel hinaus. Es schmeckte nicht, wie es schmecken sollte, das Brot war zu weich, ich hätte gern eine feste dunkle Rinde zwischen den Zähnen gespürt und auf der Zunge den Geschmack nach Roggen und Anis und Kümmel, und ich sagte zu Monti, dass das deutsche Brot besser sei als das amerikanische; ich sah, dass das Taschenmesser noch immer auf der Schaukel lag, und fragte mich, wohin der Araber von hier aus gegangen und ob er gern auf der Farm gewesen sei oder nicht, ich hätte gern seinen Namen gewusst, um ihn vor mich hinzusagen, doch Mrs Burke hatte ihn nie erwähnt. Sie würde nun bald zurückkommen, und wenn ich den Auslauf um den Hühnerstall noch vorher vergrößern wollte, müsste ich dies gleich am nächsten Morgen tun; in der Nacht schlief ich tief und traumlos, und als ich erwachte, lagen Sonnenstrahlen auf meinem Gesicht. Ich fütterte die Pferde und sprach mit ihnen und holte angespitzte Hölzer und Maschendraht und einen schweren Hammer aus dem Schuppen hinter dem Stall und begann, die Pfosten beim Hühnerstall tief in den Boden zu schlagen, ich entrollte den Draht und befestigte ihn an den Pfosten und schließlich an beiden Enden des bereits bestehenden Auslaufs, dort schlug ich zum besseren Halt noch einmal zwei Hölzer in den Boden und schnitt dann mit einer Drahtschere den alten Zaun an einer Stelle auf und rollte ihn bis zur Nahtstelle mit dem neuen zusammen und knipste die Enden ab und warf die Rolle auf die andere Seite, so dass der neue Auslauf etwa zweimal so groß wie der alte war. Ich ließ die Hühner aus dem Hühnerhaus und sah ihnen zu, wie sie aufgeregt gackernd heraushüpften und sich zuerst verdutzt umsahen und dann auf das Gras des neuen Teils zustürzten, das noch dicht und grün aus dem Boden wuchs. Ich räumte mein Werkzeug auf und pfiff nach Monti, weil ich vor Mrs Burkes Ankunft noch ein paar Dinge in Toms Laden zu besorgen hatte; nachdem ich die Pferde auf die Weide gebracht hatte, setzte ich mich in den Jeep und fuhr den Schotterweg hinunter, doch anstatt bei der Landstraße links abzubiegen, erinnerte ich mich daran, dass ich bei meinen Fahrten in die andere Richtung ein Schild gesehen hatte, das einen Stausee auswies, der nur ein paar Meilen entfernt sein sollte und den ich mir, der grünen Farbe des Schildes nach zu urteilen, als besonders malerischen Ort vorstellte. Eine Weile folgte ich der Landstraße und bog dann ab und kam zu einem Parkplatz, auf dem nur ein weiteres Auto stand; es war ein brauner Toyota, in dem niemand saß, ich stellte den Jeep daneben und lief um den kleinen Wagen herum und schaute hinein und erkannte Jims Schuhe, die auf der Rückbank standen. Ich ließ Monti im Jeep zurück und ging leise den baumbestandenen Weg entlang, der zum Stausee führte; nach einer Weile traten die Bäume zurück und gaben den Blick frei auf eine riesige, von großen Steinen eingefasste Wasserfläche, deren tiefdunkles Blau im Sonnenlicht glänzte. Ich sah Jim in einiger Entfernung auf den Steinen hocken; er hatte mir den Rücken zugekehrt und hielt eine Angelrute zwischen den Knien und nahm etwas aus einem Eimer, der neben ihm stand, und befestigte es am Haken und warf dann die Angelschnur aus, ich sah sie durch die Luft schnellen und den silbrig glänzenden Blinker im Wasser verschwinden. Die Oberfläche war bald wieder glatt und unbewegt, und das Schilf, das an manchen Stellen zwischen den Steinen emporwuchs, stand still und gerade; Jim saß ein klein wenig vornübergebeugt, von hinten sah es aus, als würde er nicht das Ende der Schnur betrachten, die sich dünn wie ein Strich an der Angelrute spannte, sondern einen Gegenstand direkt vor ihm im Wasser oder das Wasser selbst, er saß regungslos da und wirkte ganz schmal zwischen den großen Steinen und vor der weiten Fläche des Sees. Ich trat ein paar Schritte näher und hörte plötzlich Klänge zu mir herüberwehen, es waren die vertrauten Töne aus Beethovens Neunter, und ich erkannte, dass Jim einen kleinen Kassettenrekorder neben sich stehen hatte, aus dem die Musik kam, und ich begann zu weinen, weil ich mich an die Zeit erinnerte, in der ein Versprechen darin gelegen hatte, und weil ich nun dastand, mit leeren Händen, und traurig über das, was nicht geschehen war. Ich wandte mich um und ging mit langsamen Schritten zu meinem Jeep; ich startete den Motor und setzte zurück und fuhr auf den Weg, der zur Landstraße führte, und als ich noch einmal in den Rückspiegel sah, stand der Toyota allein und verlassen auf dem großen Parkplatz, als hätte man ihn dort vergessen, und ich hatte noch immer die Klänge der Symphonie im Ohr.

In Toms Laden suchte ich meine Vorräte zusammen und stellte sie auf das Förderband an der Kasse und sagte hi Tom, und Tom schob sich die Mütze aus der Stirn und kratzte sich die Stelle an den Schläfen, wo das Haar ganz glatt anlag, und sagte hi Joanne, how are you doing, und ich war froh, dass er nicht zu mir hochsah und den Schorf auf meiner Stirn bemerkte. Ich fuhr die Landstraße zurück und bog am Schotterweg ab und hielt an, als ich die Wiese erreichte, auf der die Hindernisse aufgebaut waren, ich stieg aus und ließ Monti heraus und ging bis ans Ende des Parcours, wo ein Strauch stand, der mit kleinen rosa Blüten übersät war; ich brach ein paar Zweige ab und legte sie in den Jeep und kurbelte die Scheibe herunter und fuhr das letzte Stück so langsam zurück, dass Monti neben dem Wagen herlaufen konnte, er hechelte laut und ließ die Zunge weit aus dem Maul hängen, doch die ganze Strecke wedelte er zufrieden mit dem Schwanz. In Mrs Burkes Haus nahm ich eine Vase aus einem der Schränke und stellte die Zweige hinein und die Vase mitten auf den Tisch; ein schwacher Duft ging von den Blüten aus und erfüllte den Raum, ich schloss die Fenster und rückte den Stuhl gerade und zupfte ein wenig an den steifen Vorhängen herum, dann füllte ich die Futternäpfe auf und sah auf die Uhr, die leise tickend an der Wand hing; es war bald Zeit, zum Bahnhof zu fahren.

Sie wirkte über irgendetwas verärgert und sah noch älter und dünner aus, als ich sie in Erinnerung hatte, ihr Gesicht war runzlig und schmal, und als sie hello sagte, hob sie nur ganz kurz die Mundwinkel ein wenig an. Ich nahm ihren Koffer, noch bevor sie einen Träger herbeiwinken konnte, und ging ihr voran zum Jeep, und als ich den Motor startete, fragte sie, wie es den Pferden und Winky und Binky gehe und ob auf der Farm alles in Ordnung sei, und als ich nickte, schloss sie kurz die

Augen und machte sie gleich wieder auf, und für den Rest der Fahrt sah sie stumm vor sich hin. Ich trug ihren Koffer ins Haus und stellte ihn in der Küche ab und blieb kurz stehen und wartete darauf, dass sie etwas sagen würde, doch ich hörte nur das aufgeregte Hecheln der Terrier und das Ticken der Uhr und das schlurfende Geräusch von Mrs Burkes Schritten, als sie zur Spüle ging und sich ein Glas holte und es mit Wasser füllte und an die Lippen setzte; sie schien meine Anwesenheit vergessen zu haben, bis ich mich räusperte und sie sich zu mir umwandte und sagte I don't need you any more today und mich mit einer kleinen Handbewegung entließ. Ich ging zur Tür und öffnete zuerst das Fliegengitter und dann die Haustüre und trat auf den Treppenabsatz und dann auf die erste Stufe und dann auf die zweite; dann kehrte ich um und öffnete wieder die Haustüre und das Gitter und machte einen Schritt in die Küche hinein. Mrs Burke stand noch immer neben der Spüle und erhob abwehrend die Hand, so als wollte sie mich zum zweiten Mal entlassen, doch ich ging auf sie zu und blieb dann in der Mitte des Raumes stehen und sagte, dass sie mir von ihrer Tochter erzählen solle und von Toronto und wie das Wetter gewesen sei, und dann sagte ich nichts mehr und sah sie nur an. Sie öffnete den Mund und schloss ihn und hob wieder die Hand und legte sie auf den Rand der Spüle, als wolle sie sich darauf stützen, zwei senkrechte Falten erschienen zwischen ihren Augenbrauen und glätteten sich wieder, und dann war da ein kleines hilfloses Lächeln um ihre Mundwinkel, das sie schüchtern aussehen ließ, schüchtern und ein wenig töricht und so, als wisse sie nicht, wie sie sich nun zu verhalten habe. Sie sagte the weather was pretty bad und my daughter is going to get married und her future husband is a banker, sie sagte es so, als reihe sie Tatsachen aneinander, woraufhin sie mich ansah, als sei ich diejenige, die den Worten Bedeutung verleihen müsse, und als könne sie deren Sinn erst erkennen, wenn ich dies getan hätte. Ich dachte an meine Mutter und was der Grund dafür gewesen wäre, das Päckchen zu schicken, vielleicht wartete sie genauso dringend auf eine Antwort wie Mrs Burke, vielleicht hatte sie alles gewusst, nur nicht, was sie anders hätte tun können als wegschauen, vielleicht waren Mütter genauso hilflos wie ihre Töchter und vielleicht käme es nun darauf an, was ich erwidern würde, doch ich spürte, dass ich nicht sehr gut darin war, die Dinge beim Namen zu nennen. Ich sagte your husband was American, wasn't he, sie nickte und ich fragte, ob er der Grund gewesen sei, weshalb sie ursprünglich aus England nach Amerika gekommen wäre, und als sie wieder nickte, sah ich ein Bild meiner Mutter vor mir, es war schwarzweiß und hatte früher im Wohnzimmer unseres Hauses gehangen; sie war jung darauf, vielleicht so alt wie ich jetzt, und das Haar fiel ihr in schwarzen Wellen bis über die Schultern, sie lachte, als hätte sie noch nichts erlebt, was ihr Kummer bereitet hätte, und das, obwohl sie vor einer Baracke stand, in der sie zusammen mit vielen anderen Mädchen Bomben herstellen musste, die mein Vater dann später irgendwo abwerfen würde. Ich sagte Mrs Burke, are you afraid of flying, und sie sagte very much so, dann wandte sie sich um und drehte das Wasser in der Spüle an und hielt ihre Hände darunter, und nach einer Weile sagte sie let's take the horses out for a ride tomorrow morning, und ich sagte allright, Mrs Burke, und wandte mich zum Gehen. Im Stall mistete ich die Boxen aus und streute dick ein und holte die Pferde von der Weide und fütterte sie, und dann ging ich von einer Box in die andere und streichelte jedes Pferd und sprach mit ihm, und dabei sah ich, dass bei Hopscotch die Hufwand an einer Stelle ausgebrochen war. Ich schaute nach den kleinen Kätzchen und versorgte auch sie und dachte daran, was für ein Gesicht meine Mutter machen würde, wenn sie ihre Tochter mit einer Mistgabel in der Hand anträfe; ich kehrte die Stallgasse und ging ins cottage hinunter und nahm ein Stück Papier und schrieb darauf Nimm den nächsten Flug, Johanna, und steckte es in einen Umschlag und adressierte ihn an meine Mutter, dann pfiff ich den Hunden und lief an den Stallungen und Mrs Burkes Haus vorbei und den Schotterweg entlang bis zu der Stelle, wo er in die Landstraße mündete und wo Mrs Burkes Postkasten stand. Ich legte den Brief hinein und stellte das Fähnchen auf, so dass der Postbote am nächsten Morgen wüsste, dass er Post mitzunehmen hätte; es wurde allmählich dunkel, und es knackste hier und da im Unterholz, wo die Terrier mit der Nase am Boden nach kleinen Tieren jagten, und über den Bäumen stand der halbe Mond. In meiner Hütte nahm ich den Telefonhörer in die Hand und wählte Pats Nummer; ich sagte ihm, dass er bald auf die Farm kommen müsse, er antwortete I'll be there the day after tomorrow, und dann sagte er noch take care, und dann legten wir beide auf.

Als ich am Morgen Holly und McDougal sattelte, hörte ich ein leises Brausen in der Luft, das näher kam und lauter wurde und von einem kehligen heiseren Schreien begleitet war; ich trat vor den Stall und sah einen Schwarm Wildgänse, die sich in Keilformation näherten, ihre Schwingen schlugen langsam und regelmäßig auf und nieder, die Hälse hatten sie weit nach vorn gereckt, und als sie über mich hinwegflogen, strich ein sanfter Luftzug über mich hin. Die Unterseiten ihrer Leiber waren hell und die Schwingen dunkel, sie flogen gen Osten in die Sonne hinein, die erst vor kurzem über den Baumspitzen des Schotterwegs erschienen war, und einen Augenblick lang war es, als hätte sich eine dünne schwarze Wolke davor geschoben und tauche alles in ein unwirkliches Licht. Sie hielten auf den Stausee zu und waren bald hinter den Bäumen verschwunden, und ich stellte mir vor, wie sie mit einem zischenden Geräusch auf dem glitzernden Blau landeten und ihr Schnattern weit über das Wasser hallte. Als Mrs Burke herunterkam, fragte ich sie, ob sie die Gänse gesehen hätte, sie sagte they are on their way to Canada, und dann fragte sie, warum ich den Hühnerauslauf vergrößert habe, und als ich ihr erklärte, dass ich die Eier im Nest gelassen hatte, sagte sie, dass es schwierig sei, Hühner aufzuziehen, sie seien sehr empfindlich und von allen möglichen Krankheiten bedroht, ihr selbst sei es noch nie gelungen, aber wenn ich wolle, könne ich es ja versuchen. Ich half ihr beim Aufsitzen und wir ritten zum Fluss hinunter; die

Bäume und Büsche standen in hellem Grün, der Berglorbeer blühte, und der Fluss war in sein ursprüngliches Bett zurückgetreten und plätscherte träge vor sich hin. Die Hunde sprangen hinein und tranken und sprangen wieder heraus und schüttelten sich, dass die Wassertropfen sprühten und in allen Regenbogenfarben glänzten; wir trabten die Pferde an und hielten uns noch eine Weile auf dem Pfad am Fluss und bogen dann ab und galoppierten in einem weiten Bogen über mattgrüne Hügel zur Farm zurück. Als wir vor den Stallungen abstiegen, fragte ich Mrs Burke, ob ich am Nachmittag in die Stadt fahren könnte, ich hätte dort einiges zu besorgen, und sie sagte as long as you keep everything nice and tidy, dann stieg sie ab, gab mir die Zügel ihres Pferdes und ging mit langsamen Schritten zu ihrem Haus hinauf. Beim Mittagessen kam mir in den Sinn, dass ich gern frisches Gemüse hätte und mir hinter dem cottage ein kleines Stück Land umgraben und bebauen könne, ich würde Salat pflanzen und Tomaten und Bohnen und vielleicht ein paar Sonnenblumen dazwischen, die ihre tellergroßen Blüten der Sonne entgegenhalten würden. Ich nahm ein paar Geldscheine und sperrte Monti in meine Hütte und fuhr Richtung Stadt; ich kannte etwas außerhalb ein shopping center, in dem ich zu Beginn meines Studiums Bettlaken und eine Decke erstanden hatte, es hieß K-mart und es gab alles dort, was man brauchte. An der Straße lagen ein Burger King und ein Motel und eine Tankstelle und ein großer Laden für Autozubehör, alles wirkte geräumig und gepflegt und sehr amerikanisch mit den Fähnchen überall und den

Straßenkreuzern, die sich fast lautlos über die Parkflächen bewegten. Bei meiner Bank hielt ich an und ließ mir meine Kontoauszüge ausdrucken, das Stipendium war weiter überwiesen worden und ich dachte, dass ich es demnächst nach Deutschland würde zurücküberweisen müssen und dass ich begründen müsste, warum; dann fuhr ich wieder auf den highway hinaus und erkannte schon bald das große K, das über dem shopping center in der Luft zu schweben schien. In der Abteilung für Damenbekleidung ging ich eine Weile nur zwischen den Kleiderständern hindurch und beobachtete die anderen Frauen, die Kleiderbügel hin- und herschoben und gelegentlich mit ein paar Artikeln in der Anprobe verschwanden und sich dann gänzlich ungeniert vor einem der großen Spiegel postierten und von allen Seiten begutachteten; manchmal kam eine Verkäuferin zu mir und fragte mich, ob ich zurechtkäme, und ich nickte dann und sagte, dass ich mich in Ruhe umsehen wolle, und nach einer Weile ließ man mich allein. Ich wollte eine Hose und einen Pullover, irgendetwas Dünnes, weil es nun bald warm werden würde, doch es gab nur T-Shirts mit weitem viereckigen Ausschnitt und Oberteile mit dünnen Trägern und zarte durchscheinende Blusen, und ich merkte, wie sich unter meinen Achseln Schweißflecken zu bilden begannen, und schaute mich nach dem nächstgelegenen Ausgang um, aber alles, was ich sah, waren Spiegel und noch mehr Kleiderständer und glitzernde Lampen und geschäftig hin und her huschendes Personal, und selbst wo sich die Rolltreppe befand, wusste ich nicht mehr zu sagen. Ich trat auf einen der Kleiderständer zu und griff hinein und zog ein hellgrünes T-Shirt heraus und ging damit in die Anprobe, ich versuchte, so gelangweilt auszusehen wie all die anderen Frauen auch, und erst als ich den dicken Vorhang hinter mir zugezogen hatte, lehnte ich mich an die Wand und atmete tief durch. Vor mir war ein hoher Spiegel; ich sah erst kurz hinein und gleich wieder zur Seite, dann aber befahl ich mir, bei den Füßen anzufangen und meinen Blick langsam an meinem Körper hochwandern zu lassen, und ich sah meine Beine, die in einer alten Hose steckten, meinen Bauch, der merkwürdigerweise wieder flach geworden war und über den locker ein dicker Pulli mit Rollkragen fiel, und schließlich meine Schultern und mein Gesicht und meine Augen, die erst unstet meinem eigenen Blick auswichen, bis sie ihm nach einer Weile doch standhielten. Meine Haare waren wieder nachgewachsen und lagen auf meinen Schultern auf; ich strich sie aus meinem Gesicht und hob dann mit einer entschlossenen Bewegung die Arme und zog mir den Pullover über den Kopf und nahm das T-Shirt und schlüpfte hinein. Es passte wie angegossen; meine Brüste zeichneten sich darunter ab, mein Hals lag frei und allen Blicken zugänglich, und die Farbe spiegelte das Grün meiner Augen; ich zwang mich, den Vorhang zu öffnen und vor die Kabine und einen der großen Spiegel zu treten und mich nach rechts und nach links zu drehen, wie ich das die anderen hatte tun sehen, eine Verkäuferin kam vorbei und sagte it suits you nicely und ging weiter, und dann trat eine dicke Frau neben mich, die sich in ein Kostüm gezwängt hatte und seufzend auf ihr Spiegelbild sah. Ich nahm mir ein weiteres T-Shirt vom Ständer und noch eines und schließlich auch eines der Oberteile mit den dünnen Trägern; die ganze Zeit war ich mir meiner nackten Arme und meines nackten Halses bewusst, doch da niemand darauf starrte, vergrößerte ich die Entfernung zwischen Kabine und Kleiderständern und lief schließlich fast so lässig wie die anderen zwischen ihnen umher. In der Kabine zog ich mir alles, was ich mitgebracht hatte, der Reihe nach an, und jedes Mal machte ich den Vorhang auf und stellte mich unter aller Augen hinaus vor den großen Spiegel. Schließlich entschied ich mich für das grüne T-Shirt und eines mit dünnen Trägern und eine enganliegende Jeans, die an den Beinen ausgestellt war, und ließ mir alles an der Kasse einpacken und schob das Geld über den Tisch und sagte have a nice day und ließ die Tüte beim Hinausgehen lässig gegen meine Beine schlenkern. Ich setzte mich in den Jeep und legte meine Hand auf den dicken Stoff an meinem Hals; er fühlte sich rauh an und ein wenig kratzig und sehr vertraut, ich würde den Pullover zu Hause in eine Tüte packen und zu dem Stapel Bilder unter mein Bett legen, und immer wenn ich ihn bräuchte, zöge ich ihn wieder heraus.

Am nächsten Morgen wehte ein lauer Wind und schob zarte Schleierwölkchen über den Himmel; ich zog mein neues grünes T-Shirt an und die Jeans und band meine Haare zusammen, und als ich zu den Stallungen hinauflief, hörte ich die Reifen von Pats Combi auf dem Kies knirschen und wenig später eine Autotür klappen, und als ich oben ankam, war er schon dabei, sein Werkzeug auf der Stallgasse auszubreiten. Ich sagte hi Pat und sah dabei auf etwas gleich hinter ihm und ging in Hopscotchs Stall und halfterte ihn auf und brachte ihn heraus; ich band ihn in die cross ties und fragte Pat, ob ich seine Hufe aufheben solle, und Pat sagte, dass ihm das eine große Hilfe wäre, weil er Rückenschmerzen habe vom vielen Halten der Pferde, und so fuhr ich mit der Hand an Hopscotchs Vorderbein hinunter bis zum Fesselkopf und drückte sanft darauf, bis er nachgab und sein Gewicht auf die anderen Beine verlagerte und ich den Huf hochheben und Pat hinhalten konnte. Pat nahm eine Zange und zog die Nägel mit einer schnellen, gewandten Bewegung aus dem Huf und das Eisen herunter und legte es beiseite; dann schnitt er die Hufränder zurecht, besonders vorsichtig an der Stelle, die ausgebrochen war, und fuhr immer wieder mit der Handfläche prüfend darüber, bis sie glatt waren und glänzten und die Hornspäne sich auf der Stallgasse kräuselten. Er schnitt das Innere des Hufes aus und arbeitete sich vorsichtig um die schwarzen Schwielen des Strahls herum und bat mich schließlich, den Huf loszulassen; er klopfte Hopscotch den Hals und sah mich kurz an und sagte, dass er etwas vergessen habe, er machte die Wagentür auf und stellte seine Stereoanlage an, und diesmal war es Musik, die ich nicht kannte. Ich sah ihn fragend an und er sagte Ravel und ich sagte I thought you only liked German music und er sagte as long as it is good I don't care where it comes from; dann hob ich den nächsten Huf auf und er schnitt auch diesen aus und die beiden folgenden, und ich sah auf seinen Kopf herunter und auf seine Haare, die sich am Halsansatz kringelten, und lauschte der Musik, die manchmal gefühlvoll war und manchmal nüchtern und so, dass man spüren konnte, wie gut und wie konzentriert sie gearbeitet war. Schließlich fachte Pat das Feuer an und legte das erste Eisen hinein und klopfte es auf dem Amboss zurecht und hielt es glühend rot mit der Zange hoch und drückte es auf den Huf, dass es dampfte und uns der Geruch nach verbranntem Horn in die Nase stieg; er trug es zum Amboss zurück und bearbeitete es ein weiteres Mal mit dem Hammer und legte es wieder auf, und dann trieb er die Nägel in die Hufwand und knipste sie an den Enden ab, und ich dachte daran, wie ich Pat das erste Mal bei seiner Arbeit beobachtet hatte, damals war es Herbst gewesen und ich hatte Laub gerecht und von Mrs Burkes Rasen aus herübergesehen, und diesmal war es Frühling und die grey kitty lag auf dem Heuballen in der Sonne, und ihre Jungen tollten um sie herum. Pat hieß mich auch die anderen Pferde eines nach dem anderen in die cross ties binden, um zu überprüfen, ob vielleicht ein weiteres beschlagen gehörte, und als ich schließlich alle auf die Weide hinausließ, war es Mittag, und die Sonne stand hoch und schien warm herunter. Pat kehrte die Stallgasse sauber und verstaute das Werkzeug in seinem Combi, und bevor er ging, sagte er, dass er das nächste Mal Mozart mitbrächte, und dann sagte er you look very nice, er sah mich an und lächelte, und dann stieg er in seinen Wagen und fuhr davon. Ich sah ihm nach und legte Monti, der neben mir stand, die Hand auf den Kopf, ich sagte thank you, Pat, und wandte mich um und nahm die

Mistgabel in die Hand und begann, die Ställe auszumisten, und als ich damit fertig war, ging ich zu meiner Hütte hinunter; sie lag klein und vertraut in ihrer Mulde am Hang, die Knospen im großen Baum waren aufgesprungen, und ganz oben, auf der Spitze, saß der Vogel und sang.